I0639093

LETTRE

DE M. ***,

ÉTUDIANT EN CHIRURGIE

A PARIS,

A M. ***, Maitre en Chirurgie
et Accoucheur a R. ***, en P. ***;

Sur un nouvel Ouvrage intitulé:

LA PRATIQUE DES ACCOUCHEMENS.

Rem populi tractas? Barbatum hoc crede magistrum
Dicere . . . . . .
Quo fretus? Dic hoc magni pupille pericli.
Scilicet ingenium, & rerum prudentia velox
Ante pilos venit.   *Pers. Sat. IV.*

A AMSTERDAM;

Et se trouve à PARIS,

Chez CLOUSIER, Imprimeur-Libraire, rue Saint-
Jacques, vis-à-vis les Mathurins.

M. DCC. LXXVI.

La Pratique des accouchemens, première parte
par M. alphonse Le Roy.
Paris 1776. in 8°. 212 pages

LETTRE

D e M.*** ; Etudiant en Chirurgie à Paris,
à M.***, Maître en Chirurgie & Accoucheur à R.***, en P.*** ;

Sur un nouvel Ouvrage qui a pour titre :

LA PRATIQUE DES ACCOUCHEMENS.

En m'engageant, Monsieur, à vous faire passer
tout ce qui paroîtroit sur l'art des accouchèmens,
je me suis restraint à ne vous envoyer que ce que
je jugerois pouvoir vous être utile. Je viens de
lire une production nouvelle qui a pour titre : *La
Pratique des Accouchemens*, qui paroît sous le nom
d'un Docteur en médecine, & qu'on assure avoir
été rédigée par un de ses amis. Ce n'est que la
première partie d'un Ouvrage dont on nous promet la suite, & que l'Auteur ne donne que *pour
servir d'introduction à l'étude & à la pratique des*

A

accouchemens. Je n'ai pas cru devoir vous envoyer ce volume ; mais je vais vous en faire l'analyſe, & j'y joindrai mes réflexions.

Ce livre, qui n'eſt qu'une introduction, a bien auſſi ſa petite introduction particulière ; le début en eſt pompeux & ampoulé ; ce ſont des expreſſions recherchées, des phraſes cadencées, des métaphores, &c. ; & après plus de deux pages de ce ſtyle fleuri, l'Auteur y rend compte de ſes intentions. ,, Mon but, dit-il, eſt de faire rentrer ,, la nature dans ſes droits ; .... d'aſſurer dans tous ,, les cas poſſibles la vie des mères, & même dans ,, ceux qui paroiſſent les plus épineux, de con- ,, ſerver celle des enfans ''. Que ces intentions ſont louables ! mais ſont-ce bien celles qu'il a eues en effet, ou celles qu'il veut qu'on lui croye ? vous en jugerez par la ſuite de cette analyſe.

Comment trouvez-vous l'engagement que contracte notre Docteur ? *aſſurer dans tous les cas poſſibles la vie des mères & des enfans* ; auſſi ne paroît-il pas trop ſûr de ſon fait ; car tout de ſuite, il ajoute le petit correctif, ,, puiſſent mes efforts, dit-il, ,, être couronnés du ſuccès, puiſſent-ils conſoler ,, l'humanité outragée ''. Eh ! quel outrage lui a-t-on donc fait ? quel chagrin a-t-elle, pour qu'on faſſe tant d'efforts pour la conſoler ?

L'Ouvrage eſt diviſé en trois parties : la première eſt l'hiſtoire ancienne des accouchemens, ou plutôt l'éloge du radotage des Anciens ſur cet art ; la ſeconde, l'hiſtoire moderne, c'eſt-à-dire, la diffamation des plus célèbres Accoucheurs ; & la troisième est, dit modestement l'Auteur, « un « plan consolateur sur l'art des accouchemens, …. « une suite de principes capables de porter dans « cet art une certitude géométrique «. Que notre siècle est heureux de voir les connoissances portées à un si haut point !

La première partie s'annonce, comme l'introduction, par des phrases gigantesques & boursoufflées ; il y a bien quelque chose à dire sur la vérité des faits qu'elles contiennent ; mais on est dédommagé de cette inexactitude par le plus brillant coloris ; & pourquoi fait-il tant de frais ? Pour nous dire ce que nous savions déja ; que si dans le premier âge du monde, l'accouchement étoit troublé par quelque accident, une parente ou une voisine venoit au secours de la femme en travail. Il est vrai que jusqu'à-présent, faute de témoignages certains, transmis par l'histoire profane ou sacrée, on s'est contenté de croire que les choses ont pu & dû être ainsi ; mais cessons de conjecturer, le ton affirmatif de notre Auteur en est garant.

« Il paroît, dit-il, qu'on ne tarda pas à recon- « noître que ce qui concerne la science, ne pou- « voit être du ressort des femmes «. Et voilà les Accoucheurs sur la scène ; on ne sait pas trop pourquoi ils viennent si vîte. « L'engorgement, con- « tinue-t-il, & l'inflammation de la matrice furent « les suites des mauvaises manœuvres & des efforts « qu'ils firent «. Il faut bien, pour faire cesser ces

malheurs, que les Médecins fe mêlent de pratiquer les accouchemens; voilà les chofes dans l'ordre. Ceux-ci, » en opérant, eurent occafion de
» faire des obfervations ; il leur fallut remédier
» aux accidens, & bientôt ils s'occupèrent de la
» recherche des principes..... Ils fondèrent leur
» théorie fur des faits ; & l'art commença à mar-
» cher d'un pas plus affuré «. Voilà une hiftoriette
toute neuve & fort gentille. Je voudrois que notre agréable Conteur me dît fi, avant Hippocrate,
les Chirurgiens, & les Accoucheurs, s'il y en avoit,
étoient diftingués des Médecins, & fi le même
individu n'étoit pas le tout. Peut-il ignorer des
faits auffi connus ? Non affurément. Pourquoi donc
fait-il ici cette diftinction ? c'eft qu'il falloit bien
fuppofer qu'il y avoit alors des Accoucheurs qui
n'étoient pas Médecins, afin de tirer par contre-
coup fur les Accoucheurs de fon tems.

Nous voilà au tems d'Hippocrate. De ce que ce
grand homme a laiffé deux livres fur les maladies
des femmes, notre Auteur préfume qu'il a fait
auffi fur les accouchemens quelque ouvrage qui
aura été enféveli fous la rúine des tems. Cette pré-
fomption me paroît bien hafardée. Ne feroit-on
pas, au contraire, en droit de conclure, de ce que
les préceptes qu'Hippocrate nous a laiffés fur cette
partie, fe reffentent fi peu de fa fagacité & de la
juftefle de fa touche, que s'il a fait des accouchemens, il n'en a fait que très-peu, & qu'il s'eft
bien gardé d'écrire *ex profeffo* fur un art qui ne

lui étoit nullement familier : cette conféquence me paroît toute naturelle ; car, quoi qu'en dife le nouveau Docteur, les préceptes d'Hippocrate fur l'art des accouchemens ne font rien moins qu'*excellens* ; on doit même rougir, pour ainfi dire, de ce qu'ils font fortis d'une fi belle fource.

Hippocrate prefcrit des illinitions chaudes vers les parties extérieures & vers l'orifice de la matrice, pour accélérer l'accouchement. Il confeille auffi des fumigations de réfine, de cumin, d'écorce de pin, de corne brûlée, &c. ; & notre hiftorien appelle cela des *préceptes importans* : attacher de l'importance à ce qui en mérite fi peu, ou plutôt vanter des chofes auffi ridicules, c'eft ne pas donner grande idée de fes lumières.

Pour faire fentir qu'il eft impoffible que l'enfant forte naturellement, quand il eft en travers dans la matrice, » le divin Vieillard, dit l'Hif- » torien, le compare à une olive en travers dans » un flacon «. Voyez comme il a l'art de placer fes expreffions bien à propos ; il faut vraiment être divin pour faire de pareilles comparaifons ; auffi fe plaint-il amèrement de ce qu'on n'a pas fait à cette comparaifon toute l'attention qu'elle mérite ; mais il ne dit pas ce qu'on a perdu par cette inattention. Quand l'enfant eft en travers, je fuis fûr que tout bonnement vous lui donnez une fituation plus favorable, & l'attirez au-dehors ; vous vous paffez de la comparaifon d'Hippocrate, que peut-être vous n'avez jamais ni faite ni connue.

A 3

» Hippocrate, dit l'Auteur, n'ignoroit pas qu'il
» exiſtoit des poſitions de tête plus favorables les
» unes que les autres «. Mais pourquoi faire parler
les gens qui ne diſent mot; dans l'endroit cité,
pas plus que dans tout autre endroit d'Hippocrate,
rien, pas le moindre mot, ne prouve qu'il ait
obſervé qu'il y a des poſitions de tête défavora-
bles. C'eſt s'y prendre gauchement, M. le Pané-
gyriſte, que de louer ſon héros ſur de belles ac-
tions qu'il n'a pas faites. Dans le cas où il s'apper-
cevoit que la tête ſe préſentoit mal, vous dites
qu'il portoit le doigt ſur le menton, ou dans la
bouche, pour l'attirer au-dehors. Hippocrate, ne
vous en déplaiſe, ne dit pas qu'il ait employé
cette manœuvre; il la conſeille, à la vérité; mais
c'eſt de ſa part pure ſpéculation; s'il avoit pratiqué, il auroit reconnu qu'elle eſt impoſſible. Le
plus plaiſant, c'eſt que vous dites *qu'il eſt des cir-*
conſtances où cette manœuvre eſt la ſeule qu'on doive
pratiquer. Vous n'avez donc écrit que pour éblouir
les ignorans; car quel eſt l'homme inſtruit qui ne rira
pas de pareille ineptie.

» Il eſt probable, dit encore notre Hiſtorien,
» que le docte Vieillard employoit quelque inſtru-
» ment qui ne pouvoit nuire ni à la mère ni à
» l'enfant «; & d'où déduit-il cette probabilité?
d'un paſſage qu'il n'a pas entendu; le voici rendu
mot à mot, *ſi l'enfant n'a été extrait que par le*
travail & l'induſtrie de l'Accoucheur. Il n'eſt, comme
on le voit, queſtion ici d'aucun inſtrument; c'eſt

le mot μηχανέσιν qui lui en a impofé ; il a cru que ce mot fignifioit *machine* ou *inftrument* ; qu'il confulte fon Lexicon, il faura que ce mot doit être pris dans le même fens que μηχανεω qui en dérive & qui veut dire *machinor*, & que μηχανη fignifie *art*, *induftrie*. D'ailleurs, quand même il s'agiroit d'inftrument, Hippocrate ne parleroit pas du fien, puifqu'il dit σὺν πόνῳ Καὶ μηχανέσιν ιατρ8, par le travail & l'induftrie du Médecin, c'eft-à-dire, de l'Accoucheur. Il n'eft donc ni prouvé ni probable qu'Hippocrate connût d'autre inftrument que celui que tous fes Traducteurs & fes Commentateurs lui ont attribué. C'étoit une efpèce de petit canif fixé fur l'ongle du pouce, avec lequel il confeille de dépecer l'enfant à plufieurs reprifes. Je doute qu'il ait fait ufage de ce meurtrier inftrument ; mais s'il s'en eft fervi, heureufes les mères qui ont furvécu !

Ce paffage mal entendu n'a été cité par notre Docteur qu'à propos d'un précepte d'Hippocrate, qui, fans contredit, eft le feul qu'on ait adopté. Il confeille, dans le cas où l'enfant n'a été extrait que par le travail & l'induftrie de l'Accoucheur, comme il eft foible alors, de ne faire la fection du cordon qu'après qu'il a crié, éternué, &c. Notre Docteur promet *de développer ailleurs ce précepte excellent, qu'il tâche*, dit-il, *chaque jour de rétablir*. Et pourquoi donc veut-il prendre tant de peine en pure-perte ? Qui ne fait que quand l'enfant ne donne que de foibles fignes de vie, il faut le laisser vivre encore quelques minutes d'une vie commune avec sa mère ? notre Maître n'a-t-il pas cent fois , en notre préfence , attendu que l'enfant eût crié pour lier le cordon ? c'eft un ufage général ; & je fuis fûr qu'il n'y a pas de fage-femme dans vos cantons, qui ne le fuive.

Quand l'enfant préfente une main ou un pied, Hipocrate dit pofitivement qu'il faut les repouffer; s'il préfente deux pieds, il confeille des fomentations odoriférantes fur les parties ; mais fon précepte ne va pas plus loin , & on ne fait s'il croyoit qu'il reftât quelque chofe à faire après cette préparation, ou s'il penfoit qu'il falloit commettre à la nature le foin d'expulfer le refte du corps de l'enfant. Je veux bien croire, avec l'Auteur, que, dans ce cas, il tiroit par les pieds l'enfant jufqu'au col , quoiqu'il n'y en ait pas la plus légère preuve, *efto ;* mais qu'enfuite il facilitât la fortie de la tête en portant la main entre la face de l'enfant & l'orifice de la matrice, c'eft ce que je nie , c'eft ce qu'aucun homme fenfé ne peut dire; & qu'un Docteur dife que cette pratique eft la feule qui puiffe fauver la vie de l'enfant, il n'a fûrement ni la raifon ni l'expérience pour lui.

Notre moderne partifan des rêveries d'Hipocrate avoit déja dit qu'il confeilloit , quand l'accouchement *ne fe développe pas ,* de le folliciter en balançant la femme fur fon lit ; cette puérilité ne m'avoit pas paru mériter d'être réfutée ; il revient à ces fauts ; *il place la femme la tête en bas , les pieds en haut, quand le fœtus est en travers,* Convenez que c'est une chose fort agréable pour une femme en travail ; l'Auteur eût mieux fait, pour l'honneur d'Hippocrate, & encore plus pour le sien, de laisser ces inepties dans l'oubli où elles étoient ; mais il s'en faut de beaucoup qu'il les regarde comme telles ; il dit même à ce sujet *qu'il a eu plus d'une fois occasion de remarquer qu'en donnant aux femmes certaines positions, on faisoit changer celle des enfans.* Il assure avoir vu un enfant se présenter par les pieds, après avoir présenté la tête. S'il dit cela de bonne foi, c'est le comble de la stupidité ; mille témoins comme lui ne pourroient le persuader ; mais comme il est clair que c'est pour trancher du merveilleux, il faut avoir bu toute honte.

Voici le grand précepte, le précepte chéri de notre nouvel instructeur. Si ces bonds & ces cabrioles ne suffisent pas, Hippocrate recommande de porter la main dans la matrice, & de ramener par préférence la tête de l'enfant à l'orifice. *Aller chercher les pieds,* ajoute notre Auteur, *c'est une méthode qui ne peut devenir que très-funeste ; c'est faire périr l'enfant ;* c'est en *ramenant la tête qu'on lui conserve la vie ;* avec quelle emphase il exalte cette doctrine d'Hipocrate ! il s'en déclare le partisan outré. Or quel peut être son motif ? car personne n'ignore que quand l'enfant est dans une mauvaise situation, 1°. il est de toute impossibilité de lui faire reprendre une situation naturelle ; 2°. faire des efforts pour y réussir, ce seroit de gaieté de cœur se rendre homicide, & de la mère, & de l'enfant ; l'expérience de plusieurs siècles ne l'a que trop prouvé ; comment donc un homme peut-il avoir la folle prétention de faire reprendre faveur à de pareilles absurdités ? Est-ce par vanité, par ignorance, par contrariété ? Je crois tout simplement que c'est un rêve qu'il a fait.

Ægri somnia deliriumque.

Pour ce qui est de la manière d'extraire le placenta, & des différens procédés qu'Hippocrate conseilloit pour y réussir, l'Historien se contente d'en faire mention sans en faire l'éloge : j'en suis étonné, car ces ridiculités en valent bien d'autres.

Voilà tout ce qui est dit d'Hipocrate dans cet Ouvrage ; mais moi je n'ai pas tout dit : nous révérons la mémoire de ce grand homme ; c'est l'astre brillant qui, le premier, a éclairé la Médecine ; mais cet astre n'étoit pas sans tache. Il n'a, pour trancher le mot, rien entendu aux Accouchemens : tous les connoisseurs en conviennent, & confessent même que son autorité a été funeste. Combien de mères & d'enfans ont été victimes du respect qu'on avoit pour ses préceptes ? En vain pendant plusieurs siècles s'est-il trouvé de tems en tems des gens éclairés qui se sont élevés contre sa doctrine meurtrière, & qui ont voulu prouver que quand l'enfant se présentoit en mauvaise situation, il falloit le tirer par les pieds ; Hippocrate avoit dit qu'il falloit dans ce cas secouer violemment la

femme, & que fi ces fecouffes ne fuffifoient pas pour
faire reprendre à l'enfant une pofition naturelle,
il falloit travailler de toute fa force à rapprocher
fa tête de l'orifice de la matrice ; en vain ces tentatives avoient-elles été faites mille fois infructueu-
fement, le maître avoit prononcé, & fes fucceffeurs étoient contraints de fe taire.

Il étoit réfervé à un des plus grands génies de la
Chirurgie d'opérer cette heureufe révolution dans
l'art des Accouchemens. Ambroife Paré, qu'une
longue expérience, foutenue d'un efprit jufte &
pénétrant, & d'une grande application, avoit mis
à portée d'acquérir des connoiffances fûres dans
toutes les parties de la Chirurgie, tira cet art de
la barbarie dans laquelle il l'avoit trouvé. Il publia dans le feizième fiècle que toutes les fois que
l'enfant fe préfentoit dans toute autre fituation
que par la tête, le feul moyen de lui conferver la
vie étoit d'en faire l'extraction par les pieds. L'autorité de ce grand homme prévalut enfin fur celle
d'Hippocrate, & on fe rendit à l'évidence ; on fen-
tit la juftefe de fa doctrine, on l'adopta univerfellement, & elle devint la bafe fondamentale de
l'art des Accouchemens. Pouvoit-il prévoir que dans
un fiècle éclairé, dans un pays où cet art fi important a été élevé au plus haut degré, par les
veilles & les travaux de ceux qui fe font unique-
ment confacrés à fa perfection, un homme tout
nouveau, fans principes, fans expérience, viendroit,
avec autant de mauvaife foi que d'oftentation &

d'orgueil, réveiller les erreurs d'Hippocrate, que son génie avoit terraſſées; que cet homme croiroit, parce qu'il eſt aſſis parmi les Savans, donner de l'autorité à des chimères enfantées dans ſon délire; qu'en un mot il auroit la prétention de renverſer, à l'aide d'une plume étrangère, un ſuperbe édifice, que, depuis pluſieurs ſiècles, de grands hommes ont, à l'envi, pris ſoin d'orner & d'agrandir.

Après s'être appeſanti ſur l'éloge d'Hippocrate, notre Hiſtorien paſſe à Galien, qu'il ne fait, pour ainſi dire, que citer, & il vient à Celſe. Il dit que cet Auteur conſeille, quand la tête eſt reſtée dans la matrice, ſéparée du corps, de faire des preſſions ſur le ventre pour la faire ſortir, ou, au moins, pour en faciliter l'extraction; *cette manœuvre*, ajoute-t-il, *eſt des plus efficaces*; toujours le petit bout d'oreille. Quel bien peut produire cette manœuvre que vous vantez, M. le non-Régent? Si vous aviez vu un ſeul cas de cette eſpèce, vous ſauriez que non-ſeulement elle eſt inutile, mais qu'elle peut nuire; & ſi vous aviez été en bonne école, on n'auroit pas manqué de vous inſtruire de ce qu'il y a à faire pour l'art, dans ces cas malheureux. Cette matière a été l'objet de pluſieurs Mémoires & de beaucoup de diſcuſſions intéreſſantes à l'Académie Royale de Chirurgie; elle a décidé quel étoit le procédé à employer, quand la tête d'un enfant étoit reſtée dans la matrice ſéparée du corps : elle publiera ſans doute, en ſon tems, ſa doctrine à cèt égard : c'eſt à elle à prononcer; pour vous, gardez le ſilence.

Après Celſe vient Aëtius ; il y a bien loin de l'un à l'autre , mais je ne demande pas raiſon de cette lacune; apparemment que les Auteurs intermédiaires ne ſont pas de la connoiſſance du nôtre. Aëtius , dans un de ſes chapitres , concernant la doctrine de Philumenus, dit que celui-ci conſeille, lorſque le volume de la poitrine de l'enfant empêche que cette partie ne puiſſe être extraite après la ſortie de la tête, d'ouvrir cette capacité, afin de donner iſſue à l'humeur épanchée, & faciliter par-là l'affaiſſement du thorax. Notre Hiſtorien , qui, ſûrement, n'a pas entendu ce paſſage, confond cela avec l'enclavement des épaules, & dit, ſans s'expliquer plus clairement, qu'alors Philumenus, *à l'exemple d'Alexandre , tranchoit , au lieu de délier*; puis il ajoute, *les procédés de Philumenus ſe renouvellent tous les jours par les Accoucheurs , qui , &c.* On n'imagineroit pas que de ce qu'un Traducteur infidèle ne rend point le ſens de ſon texte, il en réſulteroit une calomnie : qui de nos jours, s'il vous plaît, propoſe dans l'enclavement des épaules, puiſque épaules y a, de les couper, ou la tête ; car il n'y a que l'une ou l'autre de ces parties qu'on puiſſe couper. Quel étrange galimathias !

Voilà Paul d'Ægine qui vient tout de ſuite, 300 ans après Aëtius. Quelques Hiſtoriens le placent dans le quatrième ſiècle, d'autres dans le ſeptième; le nôtre décide, c'eſt au milieu du ſeptième. Paul d'Ægine a été nommé le premier Accoucheur, parce qu'il a été regardé comme le premier qui ſe

foit entièrement livré à la pratique des Accouchemens, & non parce qu'il en a donné les meilleurs
préceptes, puifqu'il avoue lui-même qu'il a copié
fes prédéceffeurs. Notre Auteur lui fait un grand
mérite d'avoir inftruit les Sages-Femmes ; mais que
leur enfeignoit-il ? Ce qu'il tenoit d'Hippocrate &
de fes fucceffeurs, & rien de plus ; mais du moins
ce n'étoit pas la cupidité qui l'y portoit, & il difoit
ce qu'il favoit & ce qu'il croyoit fondé en raifon ;
différent en cela d'un enfeigneur famélique, qui,
pour fe tirer de l'obfcurité à laquelle fa médio-
crité le condamne, va prêchant, avec une jactance
effrénée, des abfurdités auxquelles il n'a pas lui-
même de foi, & qu'il n'enfante que pour trancher
du merveilleux.

Si notre Hiftorien prend à tâche d'exalter avec
emphafe les Auteurs qui font de fes amis, ce n'eft
pas le feul plaifir qu'il y trouve ; chaque opinion
d'un Auteur ancien lui fournit des armes contre les
modernes, & c'eft un double avantage qu'il fait fe
ménager par-tout ; par exemple, Paul d'Ægine confeille de tirer l'enfant par des mouvemens latéraux.
Notre Auteur met ces mouvemens en oppofition
avec ceux de rotation, qu'un moderne, dit-il, a
adoptés de préférence, & qui, felon lui, *expofent
la vie de l'enfant.* Ce n'eft point un feul Accoucheur, ce font tous les bons Accoucheurs qui emploient alternativement, & fuivant l'exigence, les
mouvemens latéraux & ceux de rotation ; il ne réfulte pas plus de mal des uns, que des autres ; dire

que ces mouvemens expofent la vie de l'enfant, c'eft déraifonner à deffein de faire une noirceur.

Une autre critique auffi difcrète & auffi jufte, eft celle de l'opération Céfarienne ; c'eft-là que l'Auteur fait étalage de beaux fentimens, dans une tirade de près de vingt lignes. » S'il y a impoffibilité, » dit-il, de terminer l'accouchement ... Paul d'Ægine » perce le crâne, & attire l'enfant avec des pinces, « mort ou vif apparemment. Et vous, Accoucheurs modernes, vous êtes affez inhumains pour employer l'unique moyen qui vous refte pour fauver la mère & l'enfant ! Ignorans que vous êtes, dit le tendre Docteur, vous appellez la religion à votre défenfe ; plutôt que d'ufer de la feule reffource que vous offre une opération qui nombre de fois a réuffi ; que ne fuivez-vous le précepte de Paul accueilli par le nouveau non-Régent ; que ne tuez-vous l'enfant pour donner aux affiftans l'horrible fpectacle de l'extraire pièce par pièce avec le crochet. La mère fuccombera fans doute fous le poids des tourmens que vous lui aurez fait endurer, ou fous la griffe de votre inftrument. Qu'importe, le nouvel Ecrivain vous affure que vous aurez fait ce que la religion & l'humanité exigent de vous ; c'eft-là fa morale.

Par-là finit l'hiftoire des Grecs ; mais avant de paffer aux Arabes, il eft néceffaire de marquer la tranfition par des phrafes ampoulées, pour donner une idée de ces malheureux. *Où trouver des couleurs affez noires.... Des nomades obfcures pa-*

roiſſent ſur la ſcène du monde ; .... le fanatiſme les éveille & les unit ; la terreur les précède ; le ravage & la mort les ſuivent ; & tout cela ſe termine par une belle exclamation. *Oh ! nature, je te vois frémir d'ouvrir ton ſein pour recevoir les triſtes reſtes de deux victimes qu'ils ont immolées.* Dites-moi, je vous prie, à quoi revient tout ce pathos ? pourquoi dans un récit, employer près de deux pages en métaphores, en antithèſes, en proſopopées ? C'eſt que le Rédacteur s'eſt mépris ; il a cru faire un mémoire pour fléchir ſes Juges.

Notre M., comme vous voyez, n'aime pas les Arabes ; autant il a bien traité les Grecs, autant ceux-ci ſont-ils outragés. Qu'ont-ils donc fait de pire que leurs prédéceſſeurs ? ils les ont copiés comme ceux-ci avoient copié les autres, & ils ont laiſſé les choſes dans l'état où elles étoient avant eux. Ils étoient ignorans & ſuperſtitieux ; y a-t-il là de quoi échauffer ſi fort la bile d'un Docteur ? Tous les hommes heureuſement ne ſont pas ignorans & méchans.

Avicenne & Albucaſis ſont les ſeuls dont il ſoit queſtion. Le premier, ſuivant l'Auteur, a compilé Paul d'Ægine qui lui-même avoit compilé ; *mais il s'éloigne,* dit-il, *preſqu'à chaque inſtant de ſa ſimplicité, pour ſe livrer au génie féroce & ſanguinaire de ſa nation.* Pour Albucaſis, *il a enchéri ſur le génie inſtrumentant de ſon compatriote ; il alluma le feu de l'imagination la plus fougueuſe pour forger un arſenal formidable.* Mais ſoyez exact, M. le Docteur :

Docteur : quel acte de férocité a fait ce pauvre Avicenne, & qui vous a dit qu'Albucaſis avoit forgé lui-même les inſtrumens dont il nous a laiſſé les planches ? Si ces deux bonnes-gens que vous traitez en Arabes, reparoiſſoient, que vous diroient-ils, & comment qualifieroient-ils les manœuvres inconſidérées & meurtrières qui ont conduit au tombeau cette infortunée Fruitière de la rue Zacharie, avec ſon enfant ? A pluſieurs repriſes, vous lui avez plongé le poignard dans le ſein ; vous voulûtes vous ſervir du forceps ; mais cet inſtrument que vous appellez *inſtrument heureux, inſtrument précieux*, eſt devenu meurtrier dans vos mains ; c'eſt l'opiniâtreté que vous mîtes dans cette opération, qui eſt féroce ; c'eſt vous qui êtes un Arabe.

La ſeconde partie arrive en pompe comme la première. *Je parle, & déjà la lumière s'eſt répandue, &c. &c.* Mais ſans m'arrêter au ſtyle, venons à la choſe ; elle prête tout autant. Le premier Auteur dont il eſt queſtion, eſt Rhodion ; celui-ci eſt Médecin, il mérite d'être bien traité ; auſſi notre Auteur fait-il le plus grand éloge de ſa perſonne & de ſon Ouvrage. Il dit qu'il a été traduit de l'Allemand en Anglois par *Reinalde, Clerc Anglois.* Il me ſemble entendre le Docteur Raynalde dire à ſon nouveau confrère, je vous trouve bien plaiſant de me faire tonſurer ; apprenez que le Clerc qui a fait la traduction de Rhodion, l'a miſe en latin, & que moi qui ne ſuis pas Clerc, ni

B

n'ai envie de l'être , j'ai corrigé cette traduction
qui étoit toute défectueuse , & l'ai publiée en Anglois. En fait de citations, de traits hiftoriques, de
noms & de qualités , notre Hiftorien eft d'une
grande fidélité ; il défigure tout.

Je ne dirai rien de la doctrine dè Rhodion ;
car, comme Rueff, autre Allemand , qui l'a fuivi
de très-loin , il a copié fervilement les Anciens,
& il a laiffé l'art des. accouchemens au point où
il l'avoit pris. Mais je demanderai à fon Panégyrifte comment il feroit , à l'exemple de Rhodion , pour *affujettir les bras de l'enfant contre les
parties latérales du tronc , avant que les feffes fuffent
hors de la vulve ?* Il trouve cela *une manœuvre
intéreffante.* J'en penfe bien différemment ; ou
je me trompe , ou c'eft une extravagance. Que
l'enfeignement eft bien placé dans de telles
mains !

Je n'ai pu voir, fans une vive douleur, ce qui
eft dit dans ce libelle d'Ambroife Paré ; j'ai été
le faire voir à notre Maître. Ah ! mon ami , fi
vous aviez vu comme il eft devenu furieux à la
lecture de ce qui concerne ce grand homme.
» Comment, a-t-il dit, le flambeau de la chi-
» rurgie , un des plus beaux génies de fon fiècle,
» être traité par un étourdi, un écervelé, de pla-
» giaire des Grecs & des Arabes , lui dont les
» Ouvrages fondés fur la raifon & appuyés de
» l'expérience, ne font que la réfutation de leurs er-
» reurs; lui en un mot, qui a mérité le titre de *Reftau-*

» *rateur* des accouchemens , en fubftituant une pra-
» tique fimple & fûre à la doctrine homicide de
» fes prédéceffeurs. Ce grand homme qui à des talens
» fupérieurs joignoit la droiture , la candeur & la
» fimplicité , être accufé par un lâche détracteur
» d'avoir abufé de fon crédit auprès de nos Rois ,
» pour en impofer. Que votre Docteur de deux
» jours articule ce qu'il a pris chez les autres ; qu'il
» dife en quoi *fa réputation a été d'une dangereufe*
» *conféquence ;* au lieu d'attaquer auffi indignement
» fa mémoire , qu'il le life , qu'il le médite , &
» il verra fi fes préceptes , fa théorie & fa pratique
» ne font pas encore le modèle de la bonne chi-
» rurgie , & fi fes dogmes en matière d'accouche-
» ment , ne font pas encore loi dans tout l'Uni-
» vers , excepté dans les têtes fêlées «. A la vérité , le portrait que fait de ce père de la chirurgie ,
notre fatyrique Auteur , eft auffi faux qu'il eft ré-
voltant.

Guillemeau , qui fe faifoit gloire d'être élève de
Paré , & que tout le monde reconnoît à ce titre ,
fuivant notre Hiftorien , a été inftruit par les plus
célèbres Médecins de fon tems ; malgré cela , dit-il ,
il refta toujours dans la claffe la plus fubalterne.
Guillemeau , à la vérité , n'a pas égalé fon Maître
Paré , car on ne lui en connoît pas d'autre : cependant voici ce qu'en dit Smellie. » Il a adopté
» & confirmé la doctrine de fon Maître , & nous
» a laiffé des écrits auffi favans que judicieux «. Pourquoi donc notre Ecrivain , foit qu'il faffe des éloges ,

foit qu'il dife du mal , eft-il toujours feul de fon avis ? On le conçoit aifément.

p 52.

Mofchion eft tout étonné de fe voir après Guil-lemeau ; il auroit figuré auffi-bien qu'un autre dans la première partie. Mais puifque le voici , de-mandons-lui la raifon des différentes pofitions qu'il confeille de faire prendre aux femmes en travail d'enfant ; dans quelle circonftance dit-il qu'il faut que la femme foit couchée fur le dos ? Il répondra que c'eft lorfque l'enfant eft près de l'orifice de la matrice ? Quand fur les genoux ? Quand il en eft éloigné ; & fur le côté droit ? Quand l'enfant eft à gauche. Pourquoi donc celui qui le fait venir , dit-il *qu'il eft à regretter qu'il ne fe foit pas expliqué là-deffus ?* Qu'avoit-il à dire de plus ? Mais ne nous arrêtons pas à ces minuties ; ce qui fuit prouvera de refte l'inexactitude de l'Auteur.

Il fait dire à Mofchion , que *fi le bras fe pré-fente , il eft inutile de le repouffer , & qu'il faut aller chercher les pieds.* C'eft précifément tout le con-traire de ce que dit Mofchion ; il veut qu'on re-pouffe l'épaule de l'enfant , & qu'on tâche d'at-tirer fa tête au dehors. Voici le texte latin tel qu'il eft : » *Quoties manum emittit . . . . melius ergo facit* » (*obftetrix*) *, fi humerum infixis digitis eum remo-* » *veat, & intùs capacitatem vulvæ ità componat , . . .* » *& apprehenfo capite , foras conari incipiat* «. Mais notre Auteur avoit fes vues perfonnelles en prêtant à Mofchion des intentions qu'il n'a jamais eues ; c'étoit-là une occafion de fe faire valoir :

ne pas repouffer le bras, *eft un précepte admi-rable*, dit-il, *que j'ai tâché de tirer de l'oubli*. Eh ! qu'a-t-on befoin pour cela des leçons de ce nouveau Précepteur ? Il y a plus de cinquante ans que ce précepte eft donné & fuivi journellement ; qu'il ne fe fatigue pas à nous en prouver l'utilité, & cela d'autant moins qu'il feroit en contradiction avec lui-même, puifque, felon lui, il faut par préférence aller chercher la tête.

Si l'enfant fe préfente en travers, fait-il encore dire à Mofchion, *il faut l'amener par la tête ou par les pieds*. Mofchion ne parle ici des pieds que pour prefcrire qu'il faut les repouffer en haut ; écoutons-le pour nous en convaincre. » *Plantis* » *revocatis* *fursùm*, *caput hic teneat* (*obftetrix*) » *& fic infantem foràs adducat* «. Mais ne nous attachons pas à relever toutes les infidélités de cet Ouvrage ; contentons-nous de dire & de protefter que de toutes les citations de Mofchion, il n'y en a pas une conforme au texte, & que la plûpart lui font diamétralement contradictoires ; cependant on ne peut fe défendre de faire quelques réflexions fur celle-ci : Mofchion a dit, fuivant l'Auteur, car les guillemets en font foi, *lorfqu'on amène la tête ou les pieds, il ne faut faire les attractions qu'en faififfant le tems des douleurs ; autrement on pourroit caufer une perte dangereufe.* Comme on ne trouve rien de femblable à cela ni dans le texte grec de Mofchion, ni dans le latin, c'eft au fidèle Citateur que je vais demander compte de

p.)

ces principes qu'il appelle *sublimes*. Quand on amène la tête, c'est sans doute avec le forceps ; car si elle n'est pas expulsée naturellement, ce n'est qu'à l'aide de cet instrument qu'on peut l'amener : or jugez comme Moschion a pu dire cela. Quand, dis-je, on amène la tête ou les pieds, qu'a-t-on besoin dans l'attraction qu'on fait, des contractions de la matrice ? Il faut être bien peu versé dans la pratique, pour ne pas savoir qu'elles sont, au contraire, nuisibles dans ce cas, & qu'il est non-seulement sage, mais important de suspendre son opération tant que la contraction agit ; ce sont-là de bons principes. *Autrement*, ajoute l'Auteur, *on pourroit causer une perte dangereuse.* Moschion n'a point dit cela, comme on vient de le voir, & il a eu grande raison ; mais celui qui le dit en son nom, commet non-seulement une infidélité, mais une grande balourdise.

Suit Madame Boursier. Il faut avoir, convenez-en, bien du tems à perdre pour faire l'éloge de son pitoyable Ouvrage. L'Auteur, à la vérité, confesse que l'art dans ses mains ne fit pas de grands progrès ; mais il falloit bien dire que *du Laurent & autres se firent un plaisir de cultiver ses heureuses dispositions pour l'art qu'elle professoit* ; d'ailleurs l'Ouvrage est semé de douceurs & de gentillesses adressées au beau sexe ; il n'eût pas été décent de laisser passer la seule femme qui vient s'y présenter, sans lui faire un petit compliment.

L'art de louer n'eft pourtant pas le brillant de notre Hiftorien, ni ce qui flatte le plus fon goût; c'eft dans la détraction qu'il fait développer fes talens. Il faut le voir fe déchaîner contre ceux des Modernes qui ont le plus enrichi & illuftré l'art des accouchemens, & qui n'ont pas été décorés de la pourpre doctorale ; c'eft une merveille que fon habileté à défigurer leur texte, à dénaturer leurs préceptes & leur conduite, & à pervertir même leurs opinions. Paré qui le premier avoit jetté un rayon de lumière fur l'art des accouchemens, eft accufé de n'avoir laiffé fur cet art que *des lam-beaux mal affortis*, & d'être devenu *l'oracle d'une foule éblouie, parce que le deftin l'avoit rapproché du trône.* Mauriceau, dont il va être queftion, *p. 54.* qui par une longue expérience jointe à un efprit élevé & beaucoup de favoir, a porté auffi loin qu'il étoit poffible alors, les connoiffances dans cet art, que Paré n'avoit laiffé qu'au berceau, eft fi défiguré, qu'il eft impoffible de le reconnoître. Enfin, comment traite-t-il M. Levret qui, fans contredit, fait la troifième époque glorieufe dans cette partie ? comme il le fait parler ou plutôt déraifonner, comme il oppofe des bizarreries & des puérilités à fes préceptes ; enfin, comme il prouve fa propre ignorance dans les remarques critiques qu'il fait de fes procédés.

Mauriceau étoit vain & préfomptueux, dit-il ; cela peut être. Mais placez au milieu d'un cercle d'ignorans un homme d'un mérite diftingué & d'une

grande réputation, il lui fera bien difficile de ne
pas fentir fa fupériorité ; fuppofez qu'il n'ait pas
toute l'aménité poffible, il traitera mal ceux qui
ne penferont pas comme lui ; il fera d'un commerce difficile ; mais c'eft un homme de mérite, fi ce
n'eft pas une excufe, c'eft un palliatif. Mais qu'un
ignorant, tout fale encore de la pouffière des écoles,
pour fe donner un nom, s'ingère à dogmatifer fur
une matière dont il n'a pas la première notion ;
qu'il morde & déchire la mémoire des hommes
illuftres qui l'ont précédé ; qu'il outrage lourde-
ment fes contemporains dont il devroit recevoir
les leçons avec refpect ; qu'il veuille enfin fubftituer à
des préceptes avoués par l'expérience, des opinions
abfurdes dont il eft feul en poffeffion ; ma foi,
il n'y a point d'excufe à cela.

Mauriceau foutenoit fermement tout ce qu'il
avançoit, parce qu'il fe croyoit fondé en raifon,
& que ce qu'il avançoit, il le penfoit de bonne-
foi. Il fe trompoit par fois ; mais fon cœur ne
péchoit point. Mais qu'un avorton, par contrariété, par envie de nuire, dife & paie pour écrire
des extravagances & des méchancetés auxquelles
il ne croit pas ; qu'il ait la folle prétention de bou-
leverfer toutes les idées reçues, pour s'illuftrer
par des extravagances, c'eft le comble de la mauvaife foi.

Je conviens donc du foible de Mauriceau ; c'eft
affaire foldée ; paffons à fa doctrine. Avant, il eft
bon d'obferver que l'Auteur lui reproche avec ai-

greur d'avoir copié Véfale dans fa defcription ana-
tomique, & de s'être approprié jufqu'à fes planches. Si on veut lire Mauriceau, on verra clairement que cet injuſte reproche eſt l'ouvrage de la
fureur d'inſulter à fa mémoire, & qu'il eſt on ne
peut plus mal fondé. Il ne s'eſt rien approprié.
N'importe où il ait pris cette defcription ; il l'a
donnée comme celle qui lui convenoit le plus,
& n'a pas même laiſſé entrevoir qu'il eût la moindre envie de la donner comme de lui.

  » Mauriceau négligea, dit l'Hiſtorien, les pré-
» paratifs à l'accouchement par les fomentations &
» les fumigations émollientes «. Il penſoit comme
le penſent les gens inſtruits & de bonne-foi, que
ces moyens ne doivent avoir lieu que dans certains cas, & même très-rarement ; mais il ſavoit
auſſi que ce n'eſt qu'un vain apparat, enfanté par
le charlataniſme & préconiſé par les ignorans. *Il
fut même*, ajoute-t-on, *juſqu'à les blâmer*, & on
cite, pour le prouver, *l'obſ.* 382. Dans cette ob-
ſervation, Mauriceau raille un Chirurgien d'avoir
employé ſix livres de beurre dans un accouchement ; eſt-ce-là blâmer les fumigations, &c ? Mais
ſi Mauriceau déſapprouvoit les choſes ſuperflues,
il ne négligeoit rien de ce qui pouvoit faciliter l'accouchement. Il récommande expreſſément, à la
page 239, *T.* 1, d'oindre toutes les parties géni-
tales de quelque huile émolliente, &c.

  Ces petites infidélités méritent à peine d'être
obſervées ; mais voici du plus important : » Ce

» fut, dit l'Auteur, dans un cas où le reſſerre-
» ment de la matrice s'oppoſoit à la ſortie de
» l'enfant, qu'il inventa ſon meurtrier tire-tête,
» tandis qu'il ne falloit faire uſage que des mains,
» ou des moyens médicinaux que nous avons
» conſeillés «. Diſcutons un peu ce fait & les réflexions auxquelles il donne lieu ; mais commen-
çons par demander à l'Auteur ce qu'il entend par
*le reſſerrement de la matrice auquel, dit-il, les an-
ciens Accoucheurs avoient eu tant d'égard.* Il veut
dire ſans doute que le col, après avoir été ſuffi-
ſamment dilaté pour livrer paſſage à la tête de
l'enfant, ſe reſſerre tout-à-coup pendant qu'il y a
encore une partie de ſon corps contenue dans la ca-
vité de la matrice ; ce ne peut être que cela. Or,
ſur ce, M. le Docteur me permettra de lui donner
une petite inſtruction. Qu'il apprenne que la crainte
qu'il a que le col ne ſe reſſerre ſubitement, eſt
une chimere ; que ce formidable reſſerrement n'a
jamais lieu, & qu'enfin, tant que la matrice reſte
dans un certain état de diſtenſion, le col ne ſe
reſſerre jamais ſenſiblement. Les Anciens crai-
gnoient ce reſſerrement ; mais c'étoit de leur part
une erreur, & un moderne qui y croit encore, démontre qu'il n'eſt pas meilleur Phyſiologiſte que
bon Accoucheur.

Revenons à Mauriceau. Ce ne fut point ce pré-
tendu reſſerrement du col qui lui fit imaginer ſon
tire-tête, puiſqu'il dit poſitivement que ſon uſage
eſt de ſervir à faire facilement l'extraction de l'en-

*fant mort , dont la tête eft fortement engagée entre
les os du paffage ;* ceci reffemble-t-il à un refferre-
ment du col de la matrice ; n'eft-ce pas le vrai enclavement ; oui fans doute , & de la part de l'Auteur,
une mal-adreffe & une fauffeté. Le tire-tête de
Mauriceau ne touchoit pas la mère , & n'étoit deftiné
qu'à être appliqué fur l'enfant mort ; c'eft donc contre toute raifon , qu'on lui donne méchamment
l'épithète de *meurtrier ;* il y a ici de la noirceur.
Mais voici ce qui dénote le fublime favoir : *Tandis
qu'il ne falloit , &c.* Quand la tête eft fortement
engagée entre les os, c'eft-à-dire enclavée, comment les mains peuvent-elles la déclaver ? &
quels font les moyens médicinaux, capables de remédier à cet accident ? L'Auteur dit-il cela de
bonne-foi, ou n'eft-ce que pour abufer ? qu'il opte,
c'eft ignorance ou charlatanerie.

Quel mal faifoit donc Mauriceau de donner
deux gros de féné dans l'intention de réveiller
des douleurs qui étoient entièrement ceffées ? La
preuve qu'il étoit auffi fondé à le faire, qu'on l'eft
peu à lui en faire reproche, & que, fans être
Docteur, il favoit connoître les cas où il convenoit de faire ufage de ce moyen, c'eft qu'il a réuffi
dans les cinq obfervations que l'on cite contre cette
pratique ; *mais ce remède eft très-dangereux ,* dit
notre Cenfeur, *& peut caufer des convulfions, comme
il arriva dans une occafion où Mauriceau en fit ufage.*
Qu'on life l'obfervation 506 qu'il cite pour preuve,
& on verra que la femme qui en fait le fujet,

accoucha heureusement, & qu'elle n'eut pas de convulsions. Oh! pour le coup, comme disoit il y a quelque tems un Plaideur, *Roger ment*.

Mauriceau a observé que quand l'enfant vient la face en-dessus, l'accouchement est difficile; tous les Accoucheurs l'ont observé de même. Il en donne de mauvaises raisons; cela peut être vrai; mais qu'alors il employât des manœuvres instrumentantes & meurtrières. Qu'on lise ses Ouvrages, & on verra encore que *Roger ment*.

Mauriceau a parlé le premier de la position de la tête de côté; & son Critique à ce sujet, met en question, si l'enfant » peut présenter » la partie latérale de la tête à l'orifice de la » matrice; de sorte que l'autre côté soit appuyé sur l'épaule opposée «. Voilà un problème bien difficile à résoudre. Eh! oui, M. le Docteur, oui assurément, une suite de douleurs infructueuses, à cause de la mauvaise situation de la tête, peut produire cet effet. Dans un cas de cette espèce, Mauriceau ayant des signes certains de la mort de l'enfant, préféra de le tirer avec le crochet, à l'extraction par les pieds : peut-être eut-il tort; & il dit, » je le tirai avec le crochet, après avoir re-» dressé & réduit par le moyen de cet instrument, » la tête de l'enfant à une situation convenable «. Il ne l'auroit sûrement pas tiré sans cela. Voici ce que notre Auteur dit à cette occasion : *Il croyoit avoir fait merveille, s'il parvenoit à contourner la tête; .... s'il ne le pouvoit pas, il employoit le crochet*. Mais quelle fureur a-t-il de tout défigurer, de tranfpofer tout ? C'eſt à l'aide du crochet que Mauriceau contournoit la tête ; & ſuivant notre M., s'il ne pouvoit la contourner, **il employoit le crochet : quelle contournure !**

Quoique long-tems avant Mauriceau, on eût reconnu combien la doctrine d'Hippocrate ſur l'art des accouchemens étoit défectueuſe , cependant on tenoit encore pour quelque choſe à ſes préceptes. Mauriceau même , tâchoit de faire prendre une ſituation favorable à la tête , quand elle étoit de côté ; ce n'étoit pas , à la vérité , en faiſant ballotter la femme ; mais il portoit la main dans la matrice , agiſſoit ſur la tête ou ſur les épaules ; notre Auteur, avec ſa bonne-foi ordinaire, ajoute , *croyant qu'elles (les épaules) faiſoient obſtacle.* Voyez comme ceci quadre avec ce que dit Mauriceau. » Si cette tête, dit-il, étoit tellement en-» gagée , que la choſe ne ſe pût faire facilement » de la manière (c'eſt-à-dire , de ramener la tête » dans une ſituation directe , en agiſſant ſur elle), » alors il faudra qu'il coule ſa main juſqu'aux » épaules de l'enfant, afin qu'en le repouſſant un » peu dans la matrice , il le puiſſe mettre en ſitua-» tion naturelle & convenable «. Il eſt donc faux , abſolument faux que Mauriceau ait imputé aux épaules la cauſe de l'obſtacle, comme le dit le véridique Hiſtorien. A ce ſujet , il raille Mauriceau d'avoir cru que le volume des épaules chez les enfans eſt en proportion de celles des parens.

Il n'y a pas tant de plaifanterie à faire là-deffus, M. le non-Régent ; fi vous aviez vu, vous fauriez que cela eft fort ordinaire.

Que l'infidélité de notre Hiftorien eft révoltante ! quelle tournure il prend pour dénigrer ceux qui ne font pas de fes amis ! En voici un nouveau trait : » Si un bras, 'dit-il, fortoit à l'ori- » fice, Mauriceau le reportoit dans la matrice ; » s'il ne pouvoit y parvenir, ... il le tordoit «. A cet énoncé laconique, qui ne croiroit que cet habile Accoucheur ne connoiffoit d'autre pratique, quand un enfant préfentoit le bras, que de le facrifier ? Qu'il étoit loin d'une telle inhumanité ! Voici précifément ce qu'il dit à l'endroit cité, (*liv.* 2, *chap.* 20) : » Le Chirurgien la remettra (la main de l'enfant) » avec la fienne, qu'il cou- » lera enfuite dans la matrice par-deffous la poi- » trine & le ventre de l'enfant, & fi avant, qu'il » en rencontre les pieds, qu'il attirera doucement » à lui pour le retourner «. Excepté reporter la main de l'enfant, ce qui eft tout au plus inutile, que peut-on dire de meilleur & de plus fenfé ? Il prouve enfuite que cette pratique eft la feule admiffible dans ce cas ; qu'elle eft bien plus fûre que celle de s'amufer à vouloir faire prendre à l'enfant une fituation naturelle, comme le prétendent quelques ignorans. Et plus bas, il dit, » fi » le bras étoit fi gros, fi tuméfié, qu'il ne fe pût » remettre, Ambroife Paré recommande de le cou- » per ; néanmoins fi le Chirurgien ne pouvant pas

» repousser le bras au dedans , étoit absolument
» contraint de le retrancher , (ce qu'il ne doit pas
» faire que dans cette extrémité) il en viendra à
» bout en le tordant «. On voit donc , 1°. que
Mauriceau ne dit pas qu'il ait tordu ni coupé le
bras , mais seulement qu'il vaut mieux tordre que
de couper l'os , avec des tenailles ; ce qui ne peut
être contesté. 2°. Il ne donne à cette triste opération
qu'un consentement forcé & avec grande répu-
gnance. Que suit-il de-là ? Que l'Auteur de cette
histoire est plein de bonne-foi , & que le motif
qui l'anime , est bien pur.

Mais ce n'est pas le seul mérite qu'il ait ; il est
aussi bon Juge en pratique d'accouchemens. Selon
lui, Mauriceau n'avoit pas le sens commun d'aller
chercher les pieds de l'enfant, quand sa tête étoit
en mauvaise position ; il auroit bien mieux fait de
la réduire à une plus favorable ; ce qui est très-
facile, ajoute-t-il. Comme on tranche, quand on
ne juge que d'après une fausse spéculation ! Qu'il
apprenne, cet inexpérimenté Docteur, & ce sera
du moins quelque chose qu'il saura, que quand
la tête est en mauvaise position, c'est-à-dire, que
c'est une des parties latérales, ou le front, ou la
face, qui se présente, jamais elle ne se redresse ;
& que si elle sort malgré cela, ce qui arrive sou-
vent par une combinaison d'heureuses circonstan-
ces, c'est toujours la partie qui se présentoit d'a-
bord, qui sort la première, & que la direction
de cette tête ne change nullement, du moins

avant qu'elle foit tombée dans le vagin ; car quand
elle y eft entrée, avec une branche du forceps, on
peut quelquefois la redreffer. Mais fi les circonf-
tances ne font pas favorables, & qu'elle ne puiffe
dans cette fituation oblique, dépaffer le détroit
fupérieur, il faut aller chercher les pieds ; ou enfin, fi elle y entre & s'y enclave, il faut la tirer
avec le forceps : voilà des préceptes, voilà du fens
commun.

Mauriceau avoit tort, quand il faifoit l'extraction
d'un enfant par les pieds, de mettre la face en-
deffous. Son Critique défapprouve très-fort cette
précaution, & prétend que c'eft ce qui *fouvent dé-*
colle l'enfant, d'après le propre aveu de Mauriceau,
ajoute-t-il, *quelque précaution que l'on prenne.* 1°. Il
n'eft point d'élève qui ne fache que ce feroit une
grande bévue de laiffer la face de l'enfant en-
deffus ; & qui contefte cette vérité, n'a jamais fait
d'accouchemens par les pieds. 2°. Il eft de toute
fauffeté que Mauriceau ait avoué qu'en mettant
la face en-deffous, on s'expofe à le décoller, quelque précaution qu'on prenne ; il dit, au contraire,
» que s'il n'étoit pas ainfi tourné, il faut le mettre
» en cette pofture ; que, faute de cette attention,
» on s'expofe à accrocher le menton au pubis de
» la mère « ; avec des opinions auffi erronées, ou
plutôt avec tant d'ignorance, peut-on s'immifcer
à enfeigner ?

Faute d'un inftrument qui pût tirer une tête
d'enfant enclavée, fans porter le moindre préjudice

ni

ni à lui ni à sa mère ; faute, en un mot, d'un forceps, Mauriceau imagina un tire-tête. Cet instrument étoit, sans contredit, moins dangereux que le crochet ; aussi Mauriceau lui donnoit-il la préférence. Supposons qu'il y mît un peu trop de vanité ; mais faut-il pour cela dire de lui, qu'il fut un des plus grands partisans des moyens cruels, que sa pratique fut meurtrière ? Par amour pour l'humanité, il inventa un tire-tête pour une circonstance qui exige absolument le secours d'un instrument ; il ne fut pas assez heureux pour en imaginer un bon, mérite-t-il, à cause de cela, les objurgations & les outrages dont on l'accable ?

Quelle est donc l'historiette que fabrique notre homme ? Il conte que Chamberlain, dont il défigure le nom, comme autre chose, vint en France du tems de Mauriceau, avec un forceps dont il fit un mystère. La jalousie de ce dernier le fit échouer, & le força de quitter la France sans y laisser son secret. Cette histoire est toute neuve pour moi, ainsi que pour beaucoup d'autres ; & la source d'où elle émane, la fait violemment suspecter. Ce qu'il y a de vrai, c'est que Chamberlain a traduit Mauriceau en Anglois, & n'en a dit que du bien ; c'est se venger bien noblement de son persécuteur.

Savez-vous, Monsieur, qu'il m'a pris mille fois envie de jetter le livre au feu, tant il est dégoûtant par ses infidélités & ses mensonges ; ces termes sont un peu durs ; mais il faut que l'expression rende la chose. Je laisse-là Mauriceau, & ce qu'en dit son

C

honnête Hiftorien, pour vous prier de mettre à côté du portrait qu'il en fait, ce que dit de lui Smellie, qui affurément ne peut être fufpect d'adulation pour un Chirurgien François. » Mauri- » ceau, dit-il, appuyé fur une pratique de plu- » fieurs années, pendant lefquelles il avoit conti- » nuellement donné des preuves de fon induftrie peu » commune & de fa grande expérience, ... publia » un Traité fur les accouchemens, qui furpaffoit tout » ce qu'on avoit dit jufqu'alors fur cette matière «. Que peut-on penfer de cette différence de fentimens entre deux Docteurs, dont l'un étoit Accoucheur, & l'autre a la fureur de faire croire qu'il l'eft ? C'eft que l'un dit ce qu'il penfe, parce qu'il a de l'honneur & de la franchife, & que l'autre étouffe fes vrais fentimens, parce qu'il a juré de ne dire que du mal de ceux qui méritent les plus grands éloges.

Après cela, viennent Viardel, Portal, Peu, &c; ce font tous des Chirurgiens François qui n'ont ni eu, ni mérité la réputation de Mauriceau ; on n'en dit qu'un mot. Mais, pour le Hollandois De Venter, il va être le bien-venu ; on ne tarira point d'éloges fur fon compte. A fon occafion, fon nouveau confrère dit *qu'une des principales caufes de la lenteur avec laquelle l'art des accouchemens a fait quelques progrès*, eft que les Accoucheurs ont auffi été chargés de la partie médicinale. Il faut avouer que ceci eft bien vu ; car en réfléchiffant fur les progrès rapides qu'a faits en France, depuis 50 ans, cette branche de la Chirurgie, n'a-t-on pas beau jeu à rétorquer un argument si vicieux, & dont le principe est de la plus évidente fausseté ?

Cet argument, tout gauche qu'il est, tend à prouver que la pratique des accouchemens est exclusivement du domaine des Médecins; c'est-là le système du nouveau Docteur, & c'est un des plus hardis paradoxes possibles. Pourquoi a-t-on divisé l'art de guérir ? C'est parce que, suivant le père de la Médecine, cet art est trop long en comparaison de la courte durée de la vie, & qu'il est impossible à un seul homme d'acquérir les connoissances nécessaires pour en exercer toutes les parties. Le Médecin s'occupe des maladies internes; le Chirurgien seul des externes, & le Pharmacien prépare les médicamens. Cette division admise, à qui donc appartient exclusivement la partie opératoire ? N'est-ce pas aux Chirurgiens ? Les maladies externes & les opérations sont leur appanage; & le Médecin n'est pas plus autorisé à s'immiscer dans cette partie, qu'à composer & à débiter des médicamens; pas plus que l'Apothicaire ne le seroit à trépaner ou à faire une amputation. En effet, voit-on les vrais Médecins, tels qu'un grand nombre que je pourrois nommer, s'appliquer à la pratique des accouchemens ? Ils la regardent, au contraire, comme entièrement étrangère à leur profession. Cela est si vrai, que depuis la division de la Médecine, les Chirurgiens seuls ont cultivé cet art; ils en ont seuls éclairé la théorie, comme perfectionné &

simplifié la pratique ; ce font leurs travaux, fans la moindre concurrence avec ceux des Médecins, qui ont défriché cette partie, qui ont procuré les moyens les plus doux de lever les obftacles à l'accouchement, qui en un mot ont aplani une route toute hériffée d'épines. La confiance que leur a vouée exclufivement le Public, & que leur donnent même tous les vrais Médecins, dépofe en leur faveur, & prouve que l'efpèce d'incurfion que veulent faire de nos jours un très-petit nombre de jeunes Docteurs, n'eft l'effet que de leur défœuvrement & de leur difcrédit ; que leur jaloufie n'a pour principe que la cupidité ; qu'enfin, leur conduite eft un vrai brigandage.

Revenons à De Venter. Il a mis dans le plus grand jour une vérité qui n'avoit été qu'entrevue avant lui ; c'eft une grande obligation que lui a l'art des accouchemens, fi c'eft véritablement lui qui a fait cette découverte ; & c'eft ce dont doutent bien des connoiffeurs. Mais, en fuppofant qu'il en foit l'auteur, outre qu'il en a porté beaucoup trop loin les avantages, & qu'il en a tiré de fauffes conféquences, qu'a-t-il fait de plus ? du *commérage* ; fon *Novum Lumen,* n'en déplaife à notre Ecrivain, à cette découverte près, eft un des plus minces Ouvrages qu'il y ait fur l'art des accouchemens ; c'éft le témoignage qu'en rendent tous ceux qui font de bonne-foi. Sa théorie ne dénote nullement l'homme inftruit, & fa pratique eft certainement celle d'autrui. Il donnoit la petite pilule, quand il craignoit le fpafme de la matrice, & il en faifoit un fecret. Notre Auteur, qui croit beaucoup au fpafme, qu'il n'a jamais vu, & que cependant il croit voir par-tout, approuve cette pilule, telle qu'elle ait été : les gens inftruits difent au contraire, que la pilule & le fecret qu'il en faifoit, ne faifoit honneur ni à fon cœur ni à fes lumières. Dans le cas du fpafme, cas on ne peut plus rare, les Accoucheurs ont recours à la faignée; ils penfent qu'il n'y a que ce remède, joint à ceux dont l'effet lui eft analogue, qui puiffe avoir lieu; & ils affurent que furtout les narcotiques, dont le nouveau confrère de De Venter vante tant l'ufage, ne peuvent être employés, & font même d'un ufage fort dangereux.

Suivant notre Docteur, l'obliquité de la matrice n'eft point un vice, & il dit même que *c'eft mal-à-propos qu'un Accoucheur moderne le prétend.* Je ne fais quel eft le Moderne dont il eft queftion; car tous les Accoucheurs font d'accord fur ce point; mais je fais que l'autre Moderne qui avance le contraire, fans diftinction de degré d'obliquité, n'a nulle expérience là-deffus. Qu'il fache qu'en général, excepté quand l'enfant eft en travers dans la matrice, il eft fitué de manière que fon axe vertical eft parallèle à celui de ce vifcère : cela pofé, fi l'obliquité eft exceffive, fur-tout de côté, il eft néceffaire que l'enfant fe préfente dans une mauvaife pofition. Ce qu'il y a de certain, c'eft que dans une femme bien conformée, on ne rencontre jamais

C 3

un enfant mal fitué, excepté en travers, fans qu'il y ait une obliquité portée à un haut dégré. Il faut avoir pratiqué pour connoître ces vérités, ou avoir été bien enfeigné; mais on ne fait rien, quand on n'a été qu'en mauvaife école, & pourtant on veut parler.

De Venter n'aimoit pas Mauriceau; cela ne m'étonne pas : c'étoit une efpèce d'atrabilaire qui n'aimoit perfonne, & qui blâmoit tout ce qui étoit au-deffus de la fphère étroite de fes connoiffances : nous ne voyons que trop combien l'ignorance rend jaloux & méchant. *Il en fit*, dit l'Auteur, *très-fouvent une jufte critique*; en voici un échantillon : *Il combat*, continue-t-il, *l'opinion de ceux qui foutenoient que fouvent la tête ne peut fortir, parce que les épaules étoient enclavées*. Mais a-t-il pris à tâche d'accumuler dans fa méchante brochure, abfurdité fur abfurdité ? De Venter prétendoit donc que jamais l'enclavement des épaules ne pouvoit s'oppofer à l'accouchement; & vous le croyez auffi cenféur impitoyable. *Infanire tibi quoniam licet.* Il n'y a pas de réponfe à cela.

De Venter confeille, quand le diamètre du détroit inférieur n'eft pas affez fpacieux, de repouffer le coccyx pour lui donner plus d'étendue. Il n'eft point d'écolier qui ne fente le ridicule de ce précepte; on ne peut affurément le reculer, fans le luxer ou le fracturer, eh! quel rifque ne courroit-on pas ! Ce précepte cependant lui fait beaucoup d'honneur dans l'efprit de fon judicieux Panégyrifte; il y a mieux, c'eft qu'il enchérit fur cette erreur : il veut qu'on recule auffi l'os facrum. Il l'écrit, ou le fait écrire, & ne meurt pas de honte.

Voilà la pratique inſtrumentante qui ſe propage, dit à regret l'Auteur ; *& le premier perſonnage qui ſe préſente, eſt le Hollandois Ruyſch.* Pourquoi donc, M. l'Hiſtorien, troubler auffi injuſtement les cendres de ce bon vieillard ? pourquoi le mettez-vous en communauté de ſecret & de commerce avec Roonhuyſen ? Où avez-vous trouvé que Ruyſch ſe fût mêlé de ſon levier ? ce dernier étoit ſeul en poſſeſſion de ſon ſecret ; vous êtes mal inſtruit. » On » ſuppoſa, dites-vous, du merveilleux dans la ma- » nière d'agir de l'inſtrument, tandis que tout le » prodige conſiſtoit dans ſa juſte application «. Quelle merveille nous apprenez - vous donc là ? Qui ne ſait pas que c'eſt l'habileté de l'opérateur qui fait tout le mérite de l'inſtrument, tel qu'il ſoit, & que le meilleur devient homicide dans des mains téméraires ? Par exemple, ſi vous aviez fait, vous, une *juſte application* du forceps dans l'aventure dont j'ai parlé, ſi vous aviez connu la manière de faire uſage de cet inſtrument, vous n'auriez ſûrement pas donné lieu à la triſte cataſtrophe qui la termina.

Laiſſons Roonhuyſen & ſon levier, dont l'Auteur ne dit rien de nouveau, & parcourons en gros ceux qui le ſuivent ; car ce qui les concerne, ne mérite pas de détail. Nous n'étions pas bien certains de l'hiſtoire de Palfin ; graces à notre fidèle

Historien, la voilà éclaircie ; c'est un frippon qui s'est emparé de la découverte qu'avoit faite *réellement* Gilles le Doux ; le voilà condamné à son tribunal. Chapman est un ignorant. Giffard, un grand homme ; je ne sais trop pourquoi. Pour M. Clément, je prends acte du bien qu'il dit de lui ; c'est une vérité qui échappe ; il est vrai qu'il n'a pas écrit. Dawkes *rejette toute espèce d'instrument* ; ce ne peut être qu'un grand Praticien. Et vous, Grégoire, qui corrigez le forceps, Duflé, vous qui l'échancrés, vous, M. Levret, le rendez courbe, enfin, par vos soins respectifs, il parvient à sa perfection ; *vous n'êtes que des François*, qui négligez les principes pour le système instrumentant ; vous replongez l'art dans la barbarie ; vous êtes des Praticiens instrumentans, dont l'imagination déréglée augmente chaque jour le nombre des victimes. Qu'il est douloureux d'être sans cesse à dire, voilà une contradiction ou une bévue ! ou qui pis est, c'est un mensonge.

Voyez-vous venir cet Hibernois ; *en Ingénieur habile, il va lever le plan du bassin*, comme on lève celui d'une place. Ah ! le sublime personnage que ce Ould ! qu'il va être d'une grande utilité ! *On ne s'égarera plus dans un dédale inconnu.* Notre Auteur le reçoit à bras ouverts, & fait grand étalage de ses rêveries ; mais tout de suite il change de ton, & le congédie brusquement ; il a beau démontrer *mathématiquement, il est sans principes.* Mesnard, qui n'étoit pas au niveau des connoissances de son

---

Marginal handwritten note:

où M. le Roy dit du bien de M. Clément, mais ne nous y trompez pas c'est que M. Clément a des descendants que M. le Roy veut encenser et flagorner dans leur ayeul, car sans cela il n'eut pas pris ce soin. la conduite qu'a tenu M. le Roy avec M. Clément que je rapporterai est la preuve la plus complette du Caractère faux et flagorneur de M. le Roy.

tems, eft traité le plus galamment; mais il croyoit
aux inftrumens; c'eft une tache. Boëhmer préfère
le forceps Anglois à celui de M. Levret; c'eft très-
bien fait à lui; car notre Auteur doit fortifier fes
raifons *par d'autres non moins déterminantes.* Mais
l'a-t-il vu, ce forceps Anglois? le connoît-il? ou
croit-il qu'il feroit dans fes mains moins défaftreux
que le François? Ce font d'autres mains qu'il faut,
& non d'autres inftrumens. Pour M. Aftruc, fon
Traité fur les Accouchemens, quoiqu'en dife fon
impartial confrère, peut être regardé comme non-
avenu. Quant à M. Puzos, c'étoit, dit il, un homme
inftruit; mais il affure que fon Ouvrage eft plus à
fon Rédacteur qu'à lui; je fuis garant que M. Mo-
rizot Deflandes a trop d'honnêteté pour ne pas dé-
favouer ce témoignage.

Qui pourra lire fans humeur le portrait de Roëdérer? Suivant l'Hiftorien, c'étoit une efpèce d'im-
bécille courant par-tout après le favoir, mais qui,
*faute de génie, n'a fait qu'un amas indigefte, plus
nuifible à la fcience que l'ignorance même;* il eft bon
de remarquer que Roëdérer étoit élève de M. Levret. Notre Auteur fait à fa manière l'analyfe de
fon Ouvrage, & prévient qu'il veut en dire du
mal. Il débute par la 4e. *obf.* Roëdérer eft appellé
pour un enfant qui préfentoit le bras depuis quatre
jours; ce bras étoit *tellement tuméfié, qu'on l'auroit pris pour la cuiffe; il étoit froid, livide,* &c.;
enfin tout affuroit la mort de l'enfant; la matrice
étoit contractée, & le ferroit étroitement de toutes

parts. Dans *cette circonſtance*, dit ſçavamment le Cenſeur, *la ſaignée, les émolliens, les demi-bains, l'opium, étoient indiqués & pouvoient terminer heureuſement le travail.* Quelle fureur, ou plutôt quelle ignorance ! Roëdérer, après avoir fait infructueuſement pluſieurs tentatives pour retourner l'enfant, laiſſe repoſer la femme, ſe repoſe lui-même, & après, *il fallut*, dit-il, *me réſoudre à la ſection du fœtus.* Il la fit avec toutes les précautions & tous les ménagemens poſſibles ; & tellement que la mère ſurvécut. Un Praticien inſtruit, qui ſait que l'eſpèce d'accouchement dont il eſt ici queſtion, eſt un des plus fâcheux & des plus difficiles qui puiſſent ſe préſenter, applaudit à la conduite de l'Accoucheur ; mais un ignorant qui tranche, & qui n'a que le deſſein de détracter, la condamne, aux riſques de ſe montrer à nud.

Laiſſons un examen auſſi rebutant, & amuſons-nous à noter les falſifications de texte & les gentilleſſes de notre Critique.

L'eſprit faux de Roëdérer ne s'attache qu'à la recherche de l'axe qui traverſe le centre du baſſin. Il a employé plus de quinze pages à la deſcription du baſſin, & c'eſt une des mieux faites. *Roëdérer dit qu'il eſt indifférent que la tête deſcende par le front ou par l'occiput*, & on cite pour preuve le chap. 17 ; ce chapitre eſt intitulé : *Accouchement difficile & contre-nature, à cauſe de la mauvaiſe ſituation de la tête*, & il range dans cette claſſe celui où l'enfant préſente le front. *Dans ſa 9e. obſerv.*,

l'enfant préfentoit le front , & la tête ne fortoit pas ;
parce qu'elle fe préfentoit en travers. Roëdérer dit
pofitivement , *la tête étant bien placée auroit dû*
être dégagée entièrement ; mais il ajoute que les
épaules étoient trop volumineufes. A l'occafion de
cette obfervation, on reproche à Roëdérer *d'ap-*
peller indifféremment l'occiput ou le front ; qu'eft-ce
que c'eft qu'appeller ? Mais ni l'un ni l'autre de
ces deux mots ne fe trouve dans l'obf. *Dans l'obf.*
fuivante , la pofition étoit à-peu-près la même ;
dans la 9e., la tête étoit bien placée , & dans la
10e., il trouve la fontanelle tournée vers l'os facrum , un peu plus du côté droit ; de manière que
la partie gauche du baffin fe trouvoit libre. *Dans*
la 11e., le détroit fupérieur étoit très - large ; c'eft
un fuppofé : il n'en eft pas dit un mot. *En con-*
féquence, l'inférieur devoit être étroit ; belle conféquence. *Cela ne l'empêcha cependant point d'aller*
chercher les pieds ; l'enfant fortit naturellement par
la tête. Dans la 12e., *il applique fi mal-adroite-*
ment le forceps , qu'il en réfulte des contufions à
la face de l'enfant ; analyfons un peu ceci : à l'aide
d'un levier interpofé entre l'occiput & les parties
de la mère, Roëdérer parvient à redreffer la tête ;
mais l'inftrument n'agit point fur la face : il eft donc
faux qu'i ait pu la meurtrir. L'enfant préfentoit la
face ; on fait que quand il fe préfente ainfi, cette
partie eft toujours tuméfiée, & quelquefois hideufe ;
mais on l'ignore quand on n'a jamais fait d'accouchemens. *Même chofe, eft-il dit, fe paffe dans la 13e.,*

c'eft-à-dire, que l'enfant fut tiré comme le pré-
cédent, fuivant les règles de l'art, & vivant; mais
étoit-ce l'intention du bénin Critique ? On ne parle
point de la 14ᵉ. ; elle eft pourtant affez bonne pour
être défigurée. *Dans la* 15ᵉ., *même pofition, même
évènement* ; qu'on life ces trois obfervations, on
verra en quoi cette 15ᵉ. reffemble aux deux autres ;
c'eft un enclavement réel de la tête obliquement
fituée, dans celle-ci, & dans les autres, l'enfant
préfentoit la face ; notre M. ne fe connoît guère
en reffemblance. Il fait appliquer à Roëdérer fept
fois le forceps, il n'y en a eu que cinq de moins ;
on fait intervenir des parens, il n'y eft queftion ni
de parens ni d'amis. Sur la 16ᵉ., beaucoup de pathos, *parce qu'on a immolé avec le perce-crâne un
enfant* qui étoit certainement mort.

_ Ce qui vient d'être dit, fuffiroit pour prouver
combien notre Auteur a l'ame honnête, & comme
il rend les chofes au vrai ; on a vu comme il a
ufé largement de fes droits envers Roëdérer ; mais
le Difciple eft épargné en comparaifon du Maître.
C'eft en faveur de M. Levret qu'il fait briller fon
art & fes talens défiguratifs ; c'eft-là que perce le
motif qui l'anime & qui lui a fait mettre la plume
à la main *de fon ami* ; c'eft contre ce célèbre Accoucheur qu'il dreffe toutes fes batteries ; & fi les
autres ont effuié quelques bordées, ce n'ont été que
de fauffes attaques pour mafquer fes vrais deffeins.
Il n'y a que Smellie entre Roëdérer & M. Levret ;
& ces trois tableaux font une marqueterie fymé-

trique , fort jolie à voir. Smellie eft triomphant
& couronné de lauriers entre deux hommes fi
fort dénigrés , qu'on ne les reconnoît plus. On ne
peut difconvenir que Smellie ne mérite des éloges ; je veux bien même ne pas démentir fon
Panégyrifte , qui le place au nombre des plus célèbres Accoucheurs , quoique ce foit porter les chofes
un peu trop loin ; je me contenterai de faire deux
petites remarques.

1°. Il lui reproche vigoureufement *d'avoir mé-
connu les bons modèles ; il négligea , dit-il , les
falutaires productions de fon fol, pour courir après les
fauffes richeffes de l'Etranger..... Il vint en France.*
Nous avons-là un joli compatriote ; il eft bien jaloux de la gloire de fa patrie. Paris , de tout tems
& à jufte titre , paffe pour la plus-favante école de
l'Europe ; les Etrangers en conviennent , & s'y rendent avec empreffement pour profiter des leçons
des bons Maîtres en tout genre qu'on y trouve ;
ils font défapprouvés par un Docteur François.
Faut-il que l'aveuglement , ou plutôt la rage de
médire , le faffe tomber dans de pareils écarts.
Parce qu'en France , aucun Docteur de mérite ne
s'eft livré à la pratique des accouchemens , parce
qu'aucun ne s'eft appliqué à l'étude de cette partie,
qui eft purement chirurgicale , & que les Chirurgiens feuls , à qui il appartient exclufivement de
s'y appliquer , y ont excellé ; un imberbe Docteur
fe permettra contr'eux des indécences , même des
outrages , & voudra perfuader , contre l'évidence

& malgré tout ce qui dépofe en leur faveur ; que cet art, qu'ils ont enrichi, & dont ils ont reculé les bornes au-delà même de leurs efpérances, a langui entre leurs mains, & que c'eft à tort qu'on recherche leurs inftruƈtions. Quel alliage d'ineptie & de méchanceté !

2°. *Smellie n'étoit habile Accoucheur que par la raifon qu'il étoit Médecin.* Si ce ne font pas là les expreffions de l'Auteur, du moins eft-ce fon fens. Smellie a acquis quelques connoiffances dans l'art des accouchemens, parce qu'il a étudié la théorie de cet art, & l'a pratiqué nombre d'années dans une grande Ville. Que lui importoit, pour être bon Accoucheur, d'être décoré du titre de *Médecin,* ou de celui de *Chirurgien ?* Si notre non-Régent avoit de l'aptitude, de la juftesse dans l'efprit & de la dextérité ; s'il s'inftruifoit fous de bons Maîtres pendant quelques années, & écoutoit leurs leçons avec docilité ; & qu'enfuite, il eût des occafions d'appliquer à la pratique les bons préceptes qu'il auroit reçus, il deviendroit peut-être auffi un habile Accoucheur ; pourquoi non ? Mais fe flatte-t-il qu'en fe donnant pour tel, on l'en croira fur fa parole ? Penfe-t-il que toutes les erreurs & les puérilités dont fourmille fa méchante brochure, ne le mettront pas à découvert ? croit-il enfin, qu'un Doƈteur à qui il paffe par la tête, parce qu'il eft ignoré, parce qu'il n'eft point employé dans fa profeffion, de fe jetter dans une autre ; qui débute dans l'exercice de cette autre profeffion par la plus

horrible bévue; qui s'annonce dans le Public par
un tiſſu de méchancetés, de platitudes, d'erreurs
& de contradictions ? croit-il, dis-je, perſuader
en ſa faveur & obtenir quelque crédit ? Qu'il ſe
déſabuſe; il deshonore le titre qu'on lui a accordé,
& ſe rend odieux.

Il eſt queſtion à-préſent de M. Levret; mais
avant de ſuivre l'Auteur dans la cenſure auſſi ridicule qu'outrée qu'il fait de ſes Ouvrages, arrêtons-
nous un inſtant, & examinons s'il eſt fondé à lui
faire reproche, ainſi qu'aux Accoucheurs de tous
les tems & de toutes les nations, d'avoir eu la fureur d'inſtrumenter; tâchons, s'il eſt poſſible, de
démêler l'opinion du moderne Ecrivain ſur les
inſtrumens; & pour cela, raſſemblons tout ce qui
eſt épars dans ſa brochure. On y trouve, *Avicenne*
preſcrit ſouvent l'uſage d'un grand nombre d'inſtru-
mens, & il ajoute *homicides*, preuve qu'il l'en dé-
ſapprouve..... *Albucaſis forge un arſenal formi-*
dable; tout le levain de l'ignorance inſtrumentante
a fermenté dans ſa tête..... Il reproche à Paré d'a-
voir eu *une doctrine inſtrumentante ....* à Mauriceau, d'avoir eu *une pratique inſtrumentante & meur-*
trière.... Le ſage, le bienfaiſant *De Venter abjura*
tout inſtrument..... c'était une *maladie épidémique en*
France..... Les gens de l'art aſpiroient moins après
une théorie nouvelle qu'après de nouveaux inſtrumens, ... *L'Angleterre & la Hollande négligent l'é-*
tude par vénération pour les inſtrumens..... Il ne
faut faire uſage que des mains ou de moyens médici-

naux, &c., &c. Toutes ces phrases, & beaucoup
d'autres qu'il seroit ennuyeux de rapporter, prou-
veroient que notre non-Régent regarde comme un
abus, comme un meurtre, l'usage des instrumens
dans la pratique des Accouchemens, & qu'il décide qu'on doit absolument les proscrire ; mais ne
le jugez pas si vîte, il va chanter la palinodie. Il
suppose à Hippocrate, & pour lui faire honneur,
*un instrument qui ne pouvoit nuire ni à la mère,
ni à l'enfant*..... Celse conseille l'usage du crochet dans certains cas, & il a selon lui, *laissé des
préceptes intéressans*.... *Paul d'Ægine prescrit de
percer le crâne de l'enfant*, mort ou vif, *& de l'at-
tirer avec des pinces* ; il donne la préférence à cette
horible pratique sur l'opération césarienne.... *Rhodion conseille d'ouvrir une des sutures avec un instrument tranchant* ; & Rhodion, dit-il, *fit sur-tout dans
les Accouchemens des progrès rapides*. ... *Moschion
ouvre la tête avec un scalpel ou un couteau*, & Moschion obtient de lui les témoignages les plus flat-
teurs, *son ouvrage est admirable*.

Voilà à ce qu'il me semble, la contradiction
la plus manifeste & la plus avérée ; il blâme dans
les uns ce qu'il loue dans les autres ; le motif en
est évident. Mais enfin que penser de son opinion,
admet-il ou proscrit-il les instrumens ? c'est ce qu'il
n'est pas possible de deviner : mais comme son
sentiment, tel qu'il soit, ne fait pas loi ; pour
fixer les idées sur un point aussi important, op-
posons à ces contradictions la vraie & l'unique

doctrine

doctrine, qui est celle de nos maîtres, & tâchons
de justifier les Accoucheurs, tant anciens que modernes, des torts qu'on leur impute.

Doit-on proscrire toute espèce d'instrument de
la pratique des accouchemens ? De tout tems il
s'est présenté des cas où la tête de l'enfant ne pouvoit
franchir le passage, & y restoit tellement engagée
qu'aucun effort ne pouvoit lui procurer le moindre
avancement ; en vain d'ignares & inexpérimentés
clabaudeurs, pour se tirer de la poussière, nient-ils
cette vérité, leur incrédulité n'est que dans le cœur,
& les efforts qu'ils font pour la combattre n'est que
l'effet de l'amour-propre & de la mauvaise foi ; ils
la confessent intérieurement. Notre nouveau Docteur convient lui-même, sans s'en appercevoir, &
malgré toutes ses criailleries, que les instrumens
sont quelquefois nécessaires : en parlant de Chamberlain, il dit que son forceps *est un instrument pré-*
cieux dont l'humanité a retiré les plus grands avan-
tages ; dans un autre endroit il préfère le forceps
Anglois au François, & promet des raisons déterminantes de cette préférence ; ainsi la nécessité des
instrumens est avouée par ceux mêmes qui se dé-
chaînent si fort contre leur usage.

Mais pourquoi les Anciens ont-ils imaginé un
si grand nombre d'instrumens? Dans le cas si affli-
geant pour eux, où la tête de l'enfant étoit si fort
retenue que rien ne pouvoit la déplacer, ils n'a-
voient que la triste ressource d'attendre qu'il fût
mort, pour l'extraire avec le crochet ; mais con-

D

noiſſant les riſques que l'on couroit par l'emploi
de cet inſtrument, ſachant que même dans des
mains expérimentées, il pouvoit porter atteinte aux
parties de la mere, & expoſoit ſa vie, ils ſe ſont
occupés à l'envi, & pendant des ſiècles, de la recherche d'un inſtrument dont l'uſage fût moins périlleux.
Chaque Inventeur faiſoit l'éloge du ſien, comme
l'Auteur du plus méchant Libèle n'en parle qu'avec
enthouſiaſme. Aucun de ces inſtrumens n'étant
bon, il falloit continuellement ſe livrer à de nou-
velles recherches, & on s'en occuperoit encore ſi
on n'avoit pas le forceps. Telle eſt la marche des
connoiſſances, ce n'eſt qu'à force de travaux & de
tentatives infructueuſes, qu'on parvient enfin à quelque heureuſe découverte. Si donc on a imaginé
ſucceſſivement tant de différens inſtrumens, c'eſt
qu'aucun ne rempliſſoit l'intention qu'on ſe propo-
ſoit, & tous ces efforts n'étoient faits que pour en
trouver un qui l'emportât ſur tous les autres; il
s'agiſſoit d'un ſeul. Loin donc de faire querelle aux
Anciens d'avoir inventé un ſi grand nombre de méchans inſtrumens, nous devons leur tenir compte
de leurs travaux, puiſqu'ils nous ont acheminés
par-là, à l'heureuſe découverte de celui que nous
poſſédons.

Les Modernes jouiſſent d'un inſtrument qui a
le double avantage de conſerver la vie de l'enfant,
& de délivrer promptement la mère; depuis les
différentes corrections qu'il a éprouvées, depuis
que M. Levret l'a porté, s'il eſt permis de le dire,

à la perfection ; on n'en connoît plus d'autre dans
la pratique; le forceps, à fon arrivée, a banni tous
ceux qui l'avoient précédé; le crochet même eft,
pour ainfi dire, entièrement profcrit; les Accoucheurs François ont fuppléé à fon ufage par des
moyens plus doux, même lorfque la tête d'un enfant eft reftée dans la matrice, féparée du corps.
Ainfi le cabinet d'un Accoucheur n'eft point un arfe-
nal effrayant; ils n'emploient tous qu'un inftrument;
& ce n'eft que dans le cas où, de tout tems, on
en a fenti la néceffité; ils réuffiffent conftamment:
que peuvent donc faire, contr'eux, les cris de l'i-
gnorance & de l'impofture ?

Revenons à M. Levret. L'Auteur débute par une
queftion: *voyons,* dit-il, *fi l'Art a fait, dans fes mains,*
les mêmes progrès (qu'en celles de Smellie); c'eft tout
vu; & il faut bien mal voir, pour ne le pas voir. La
forme aphoriftique de fon ouvrage déplaît au Critique: cet ouvrage n'eft fait que dans la feule intention
d'être commenté dans des leçons particulières ;
quelle forme pouvoit-on lui donner pour être
meilleure ? De ces aphorifmes, dit-il, *il y en a*
qu'on peut contefter; mais que ne conteftera pas
un homme qui n'a d'autre but que de contefter.
Quels font donc ces aphorifmes ? Il va les chercher
dans une ancienne édition qu'on n'a plus, & que
l'Auteur, fans doute a corrigée, puifqu'il les a fup-
primés; voyez fa bonne foi, il le fait bien, il le
dit même plus bas. Il attaque fortement M. Levret fur les dimenfions du baffin, & faute de con-

noître la force des termes, il prend *dimenſion* pour
diamètre. Il dit que *tantôt il n'en admet que deux,
& tantôt trois*; il eſt vrai que M. Levret, dans ſon
premier Ouvrage n'admet que deux diamètres, mais
les réfléxions qu'il a faites depuis, lui en ont fait
admettre trois; eſt-ce un tort à un Auteur de cor-
riger dans une édition, une erreur qui étoit dans
une précédente; & un critique, qui lui en fait un
crime, prouve, ſi ce n'eſt de la mauvaiſe volonté,
du moins de la gaucherie.

Notre Auteur s'eſt mis à l'abri des reproches qu'on
pourroit lui faire ſur la critique qu'il fait des paſ-
ſages de M. Levret; les chemins qu'il a pris ſont
ſi tortueux qu'on ne peut l'y ſuivre; il n'y a pas
quatre citations qui ſoient juſtes. Il dit, par exemple, *que M. Levret regarde le diamètre du pubis au
ſacrum comme le plus grand*; comme il n'eſt pas
poſſible de le vérifier, & que je ſais le contraire,
je ne pourrois répondre à cela que comme le Capu-
cin des Lettres Provinciales, *mentiris impudentiſſi-
mè*; que M. Levret, après avoir avoué trois diamètres, *a conſigné dans d'autres ouvrages des principes contraires*; c'eſt encore ce qu'on ne peut vérifier, faute d'indication juſte; mais cette aſſertion
eſt au moins fort haſardée. Voici du beau : M. Levret dit que, *lorſque la face de l'enfant eſt au paſſage, c'eſt alors le plus grand diamètre de ſa tête
qui ſe préſente*; notre Critique en plaiſante & dit,
*que le compas démontre que du menton à l'occiput il y
a plus loin, que du menton à la fontanelle antérieure*;

fans doute, mais comme il y a ici deux furfaces, il y a auffi deux diamètres, mais il n'y a que l'une des deux furfaces qui fe préfente à la fois ; s'il faut lui expliquer cela, il n'a donc pas fait le premier pas. Que notre Docteur croie ou ne croie pas à la culbute, c'eft chofe indifférente ; mais qu'il ne dife pas qu'elle a été *victorieufement combattue*, puifqu'il voit que de plus habiles que lui ne font pas encore vaincus à cet égard.

Tout ce qu'il dit du fentiment de M. Levret fur le méchanifme de l'accouchement & fur les pofitions de l'enfant pendant le travail, eft fi découfu, & les citations font fi peu vraies, qu'il vaut mieux l'abandonner que de l'y fuivre ; mais je ne puis me taire fur ceci : il lui fait reproche de ce qu'il dit que le menton de l'enfant quitte la poitrine ; on affurera, dit-il, à M. Levret *que toutes les fois que le menton de l'enfant quitte la poitrine, l'accouchement devient laborieux.* Quand le menton entre dans le petit baffin, la poitrine y entre donc en même tems ; quand le menton eft dans l'excavation du facrum, la poitrine y eft donc auffi : *bien trouvé*, dit noblement notre Docteur. Je ne fais fi M. Levret a dit, comme il le lui fait dire, que *l'enfant vient mieux par les pieds que par la tête* ; que veut dire ce *mieux*, & dans quelle circonftance ? j'ai eu le courage de compulfer tout l'ouvrage cité, & je n'ai pu prendre la moindre inftruction là-deffus. Il rappelle encore les mouvemens de rotation, qu'il condamne : qu'il apprenne la méthode de les employer, & il cessera de les blâmer ; ou, pour le mieux, qu'il n'emploie jamais ni ceux-là, ni d'autres.

Terminons cette nauséabonde recherche par une courte discussion ; l'Auteur dit que M. Levret *attribue à l'obliquité naturelle de la matrice l'obstacle le plus fréquent à l'accouchement..... qu'il seroit ridicule de conclure que l'enfant prend différentes positions selon l'endroit de l'attache du placenta.... enfin que l'enclavement des épaules est un de ses grands chevaux de bataille.* 1°. Ce n'est point l'obliquité naturelle que M. Levret accuse, ce n'est que celle qui est portée à un certain degré, & qui, par conséquent, est contre nature. M. Levret, dans cette opinion, a bien des partisans, car tous les Praticiens qui en ont été convaincus par l'expérience, pensent comme lui ; & il n'y a que des gens qui, sans rien savoir, raisonnent de tout, & spéculent mal sur tout, qui ne connoissent pas cette vérité. 2°. Il n'est point ridicule de croire que l'enfant est mal situé, quand le placenta l'est latéralement ; si cette implantation latérale donne lieu à l'obliquité de la matrice, comme cela est sûr ; & que l'axe vertical de l'enfant soit, comme il a déja été dit, parallèle à celui de la matrice, il s'ensuit nécessairement que la situation de l'enfant sera oblique ; la pratique ne le prouve que trop. 3°. Enfin notre Docteur ne croit pas à l'enclavement des épaules, & fait là de la géométrie. On pourroit lui dire qu'il n'y a point de géométrie qui fasse, quand l'expérience prononce, & s'il en avoit un peu, il cesseroit de révoquer

en doute cet enclavement ; mais pour ne rien né-
gliger comparons les dimenfions : La profondeur
du petit baffin eft au moins de fix pouces, quand
le coccyx eft déployé ; de la pointe de cet os à
la vulve, quand le vertex y eft arrivé, il y a encore une certaine diftance ; cela pofé, la tête ne
peut-elle pas être contenue dans un efpace de fept
à huit pouces, & que les épaules foient arrêtées au
détroit fupérieur ? Faut-il tant de frais de calcul pour
être convaincu de cette poffibilité, ou plutôt, ne
faut-il pas être aveugle pour la nier ? Mais c'eft affez
nous étendre fur les faux raifonnemens de notre
Docteur, venons à la critique qu'il fait des obfervations de M. Levret.

. Dans la première, il eft queftion d'une tête enclavée que M. Levret déclava, avec un inftrument
qu'il croyoit bon alors, comme effectivement il
l'étoit, mais auquel il en a fubftitué un meilleur
& moins compliqué, & il termina l'accouchement ;
voici comme le Critique rend cette obfervation : *la
femme*, dit - il, *eft abandonnée aux plus affreufes
douleurs pendant cinq jours ;* 1°. fauffeté, car il n'y
avoit que de très-foibles douleurs ; 2°. pourquoi
inculper méchamment M. Levret, puifqu'il ne fut
appellé que le cinquième jour ? *Après avoir fi long-
tems efpéré, il emploie fon tire-tête.* Toujours le même efprit, pouvoit-il l'appliquer avant d'être arrivé ?
Il amène un enfant mort ; il l'étoit certainement avant
qu'il le touchât. Toutes ces méchancetés font cou-
ronnées par des réflexions judicieufes. *Pourquoi ici des*

infrumens ? dans un enclavement. Je conçois qu'après cinq jours ils étoient néceffaires, vu le fpafme de la matrice qu'on ne fongea pas à calmer. Quelle heureufe conception, mais dans un enclavement démontré, qu'a-t-on befoin de fon fpafme imaginaire ? *avec les doigts on eût fauvé la vie à l'enfant.* C'eft ici qu'on peut dire avec notre Critique, *l'ignorance préfomptueufe veut s'affeoir impérieufement fur le trône du favoir.*

Dans la feconde obfervation, la pofition de l'enfant étoit à peu près la même ; M. Levret tenta de redreffer un peu la tête, & il s'apperçut qu'il avoit en partie réuffi. *Ses efforts,* dit au contraire le Critique, *mal dirigés, furent inutiles.* M. Levret ne dit pas comment il fit cette tentative, & le Critique dit hardiment, qu'il la fit, *non pas comme celui-ci, mais comme celui-là.* M. Levret introduifit une main par-deffous la tête de l'enfant, & une douleur vive fuccédant procura l'iffue de la tête, & tout de fuite il acheva l'accouchement ; ce font les propres expreffions de M. Levret ; le Critique dit qu'il fe preffa d'aller chercher les pieds, & on ne voit pas même que M. Levret en ait eu le moindre deffein. On ne peut falfifier ainfi fans chercher à fe deshonorer ; mais apparemment que ce n'eft pas aux yeux du Critique une grande punition.

Voici une autre efpèce d'infidélité toute neuve : neuf lignes de fuite avec des guillemets, & tout au plus quatre mots pris dans le texte, & le fait entièrement dénaturé ; le voici au vrai.

M. Levret , dans la première obfervation d'un autre Ouvrage, parle d'un accouchement , où il aſſiſta dans ſa jeuneſſe , *nombre d'années* , dit-il, avant que ſon Ouvrage parût (en 1751) ; quoique la tête & le corps de l'enfant fuſſent bien diſpoſés, ainſi que le baſſin, le travail ne faiſoit point de progrès. Ce cas, dit M. Levret, ſurprit & embarraſſa beaucoup d'habiles Gens, & on fut obligé de terminer cet accouchement par les moyens extrêmes.

Le Critique fait dire à M. Levret *qu'il fallut percer le crâne & le vuider* , il n'en dit pas un mot ; M. Levret dit qu'un des Conſultans avoua que ce n'étoit pas le premier exemple qu'il eût vu d'un pareil cas, & il fait entrevoir que pour lui il étoit nouveau ; le Critique lui fait dire *ce cas n'eſt pas le premier que j'aie rencontré* ; il ajoute, *ce qui eſt incompréhenſible à M. Levret n'eût pas paru tel à Smellie;* comment le ſait-il ? D'ailleurs il n'eſt ici nullement queſtion de M. Levret ; pourquoi l'impliquer dans une affaire qui lui eſt totalement étrangère? C'eſt qu'il eſt le ſeul à qui on veuille faire des imputations , fondées ou non.

Une Sage-femme, après avoir employé long-tems des manœuvres inconſidérées, appella M. Levret , qui n'arriva qu'aſſez-tôt , pour être témoin de la mort de la femme en travail. Voyez la tournure malicieuſe : *M. Levret eſt appellé* , dit-il, *la femme expire un inſtant après.* Il en fit l'ouverture, & trouva l'épaule droite appuyée ſur la ſymphyſe du pubis, partie en-dedans, partie en-dehors ; la gauche portoit ſur la ſaillie de l'os ſacrum ; le Critique ne déſavoue pas cette poſition, mais il ajoute très-ſavamment, *il ne devoit pas y avoir d'enclavement des épaules, puifqu'elles étoient dans le plus grand dia- mètre du baffin.* C'eft en déraifonnant de cette force, qu'on veut fe donner pour un aigle ; mais en faveur des méchancetés , gliffons fur les inepties.

.. Comment, pas un mot qui ne foit une infidélité! Dans la huitième obfervation, M. Levret reconnut la fituation latérale du corps de l'enfant, on ne l'en crut pas : on fe fert du forceps contre fon avis, le Critique dit que ce fut lui qui le propofa : un Con- fultant, malgré l'oppofition de M. Levret, va cher- cher un pied, le Critique dit encore que ce fut lui qui le confeilla ; c'étoit un enclavement des épaules ; il jette encore cela fur fon fpafme : M. Levret con- feille de tâcher de faifir une épaule pour la redref- fer, on préféra d'employer le crochet ; ce ne fut pas M. Levret qui donna cette préférence, l'artifi- cieux Narrateur ofe pourtant l'infinuer, il ne lui eût pas plus coûté de l'affurer. *On revient encore*, dit-il, *à vouloir déplacer les épaules* ; pourquoi *revient en- core*, puifque c'étoit la première fois, quoique M. Levret l'eût propofé d'abord ; & cette première fois réuffit ; donc M. Levret que vous inculpez calom- nieufement, étoit le feul qui jugeât bien : donc....

Dans la cinquième obfervation, M. Levret dit qu'il eft appellé pour donner fon avis ; il le donne, on ne le fuit pas ; il tire un prognoftic fâcheux, on n'y a point d'égard ; le Critique lui reproche *de n'avoir pas prévenu des malheurs, au lieu de les prophéti- fer*, comme fi cela eût dépendu de lui : un Confultant a-t-il le droit d'opérer malgré ceux qui font chargés d'un malade ; & il ajoute, *cela étoit facile ;* comment le fait-il, puifque M. Levret ne rapporte pas la moindre circonftance, & n'inftruit nullement de l'efpèce du travail ?

Nous voilà tout à-coup à la vingt-feptième obfervation. Les vingt-deux qu'on omet, auroient pourtant auffi bien prêté à l'infidélité. Examinons les réflexions du Critique fur celle-ci, puifqu'il nous fait grace des autres. Il prend ici le ton goguenard : » L'Auteur, dit-il, s'eft plaint de l'enclavement des » épaules, de l'obliquité de la matrice, il va fe » plaindre de l'attache latérale du placenta, il fait » de tout des torts à la Nature «. N'eft-il pas bien étonnant que dans un ouvrage où on s'occupe de la recherche des caufes des accouchemens laborieux, on faffe mention de toutes ces caufes? L'attache latérale du placenta rend fouvent fon extraction très-difficul- tueufe ; M. Levret en rapporte un exemple dans cette obfervation : l'enfant étoit forti tout naturellement, mais le placenta s'enkifta, & il fallut l'extraire par art. *Le placenta étoit latéral*, dit le Critique, *la ma- trice oblique, & la femme accouche heureufement.* Mais à quel degré étoit l'obliquité ? elle n'étoit pas portée au point d'empêcher la fortie naturelle de l'enfant, mais affez pour rendre l'extraction du pla- centa difficultueufe ; il eft donc faux que la femme foit accouchée heureufement, puifqu'elle a eu le malheur d'avoir fon placenta chatonné, & qu'on

n'a pu l'extraire qu'en lui caufant de vives douleurs.

Voici la vingt-huitième. M. Levret eft appellé
auprès d'une femme ; la dilatation de l'orifice fe
faifoit lentement ; après beaucoup de tems, & deux
faignées bien indiquées, les membranes formèrent
un boudin, dans lequel on fentoit le cordon om-
bilical ; elles fe rompirent d'elles-mêmes, & le cordon fe préfenta. M. Levret propofa de retourner
l'enfant pour lui fauver la vie, on n'y confentit
que beaucoup trop tard ; enfin il le fit. Le baffin
étant mal conformé, il mit la face de l'enfant de
côté pour amener la tête ; & cette circonftance lui
fit fentir qu'il ne faut pas toujours obferver à ri-
gueur le précepte donné, de mettre la face entièrement en-deffous. Le Critique trouve là une contradiction de principes ; déroger dans un cas particulier à un précepte général, c'eft n'être pas d'accord
avec foi-même, dit-il ailleurs : voyez comme il eft
jufte ; mais quant à cette obfervation, voici comme
il la tourne. *M. Levret fe plaint qu'on lui a caché
que le baffin étoit mal conformé*, il ne fe plaint
point, & le reconnoît au premier examen. *Il amène
un enfant mort, à caufe des efforts qu'il avoit faits.*
Comment qualifier cette noire accufation ? pour lui
fauver la vie il avoit voulu le retourner d'abord, on
ne le voulut pas, qui ne fait pas que les momens
font précieux quand le cordon fort. *Le hafard l'a
conduit à placer la tête de côté* ; ce fut le raifon-

nement , & en habile Praticien , il trouva l'expé-
dient. *Il n'en accuse pas moins le bassin d'être mal
conformé ;* c'est parce qu'il l'étoit, qu'il dérogea à la
règle ; *ce qu'il n'avoit pas soupçonné après examen
fait* , il débute par-là. Quand on ne trouve point
de torts, il est d'une belle ame d'en supposer.

Dans la vingt-neuvième observation , une Sage-
femme ayant luxé la tête d'un enfant au point ,
qu'elle ne tenoit plus que par la peau ; M. Levret
ne pouvant retourner le corps , est obligé de le tirer
avec le crochet , & termina promptement. Notre
lumineux Critique voit encore là du spasme , & dit
qu'il y avoit des moyens plus simples. Qu'il les in-
dique ; son génie est fécond, on sait en quoi, mais
ce n'est pas en choses utiles.

Dans la trentième, M. Levret reconnoît un enclavement de la tête, la face en dessus ; *ici* , dit le
Critique, *la Nature écartée de sa route a besoin d'un
guide ; l'Accoucheur ne lui donne aucun secours ; il
quitte la femme ,* &c. Si notre Critique par la suite
acquiert quelques lumières, comme il rougira, s'il
en est capable, des reproches qu'il fait ici. La face
est en-dessus , ne seroit-il pas absurde de proposer
de la mettre en-dessous. Dans ce cas on ne doit
qu'attendre, M. Levret n'avoit donc rien à faire pour
cet objet ; la tête s'enclava, mais ce n'est qu'après
un certain laps de tems qu'on en est assuré ; l'homme
prudent temporise & espère des secours de la Nature ; si elle s'y refuse , il se détermine à opérer ;
suivant le Sage , Docteur , il faut tout brusquer, &

agir feul fuivant fon caprice ; car M. Levrèt eut tort, dans le cas dont il eft queftion, d'appeller un Confultant ; *en faut-il*, s'écrie-t-il, *quand on a des principes* ? Que faut-il de plus pour dévoiler notre Critique.

Dans la trente-unième, M. Levret eft appellé auprès d'une femme, il y avoit vingt-quatre heures que le cordon étoit forti, il étoit abfolument fans battement & froid. M. Levret termina promptement l'accouchement, & tira un enfant mort : eft-ce fa faute, fi fon cordon étoit froid, long-tems avant qu'il arivât ? & s'il dit qu'une épaule étoit fur le pubis, & l'autre fur le facrum, c'eft que cela étoit ; & non pour fe juftifier ; quoiqu'en dife le Critique, en a-t-il befoin?

La trente-deuxième obfervation *n'eft pas*, dit-il, *expliquée d'une manière moins obfcure, expliquée obfcure*. Ces deux obfervations font détaillées de la manière la plus claire, il fuffit de les lire pour s'en affurer : voici en deux mots cette trente-deuxième. » Il y avoit, dit M. Levret, quinze heures que les » membranes étoient percées. . . . . Je trouvai la tête » de l'enfant trop avancée, pour pouvoir la retour-» ner fans courir quelque rifque. . . . . Je pris » donc le parti de temporifer, parce que quoique » la face fût fituée un peu obliquement & en-deffus, » elle ne me parut pas l'être affez, pour me faire » perdre l'efpérance de la voir paffer naturellement ». Voilà le Praticien inftruit, voilà la marche de l'homme fage, qui ne précipite rien ; cependant notre

éclairé Critique dit auffi judicieufement, qu'à l'ordinaire: *M. Levret attend lorfqu'il faudroit agir.* S'il
avoit la moindre expérience, tiendroit-il, malgré
fa fureur de critiquer, un langage auffi déraifonna-
ble ? il fauroit que l'enclavement ne fe manifefte
jamais au premier coup-d'œil, & que ce feroit commettre la plus grande impéritie, que de ne pas attendre des fignes certains & permanens de cet état:
ici M. Levret, après avoir prudemment attendu ces
fignes, les reconnoît, il opère, & tire un enfant
vivant. Le venin du Critique eft en défaut fur cette
opération, il faut cependant qu'il y mette du fien:
n'eût-il pas mieux valu, dit-il, *dès l'inftant où l'Au-*
teur fut appellé, faire, &c. Non, inexpérimenté
Cenfeur, il ne falloit faire que ce qui a été fait; pro-
fitez de cet exemple, & gardez le filence.

Les mains, dit le Critique, *fortent avant la tête,*
dans la trente troifième obfervation. Il n'y en avoit
qu'une, pourquoi dire plus qu'il n'y a. M. Levret
appliqua le forceps (une branche de chaque côté)
& tira l'enfant vivant. Le Critique défolé de ne pouvoir mordre fur cette conduite, reproche à M. Levret de confeiller ailleurs de porter la première
branche d'un côté, pour la ramener de l'autre ; il
faut avoir bien la rage de contredire ; il ne voit donc
pas, que fuivant les différens cas, il y a différens
procédés? Si ce reproche n'eft pas une méchanceté,
c'eft une grande ineptie.

Le non-Régent nous fait grace de la trente-qua-
trième ; elle eft cependant affez intéreffante ; mais le

serpent eft forcé de renoncer à la lime. *La trente-cinquième*, dit-il, *offre un enfant qui préfentoit la fontanelle antérieure*, c'étoit le vertex; jufque dans les plus petites chofes il veut être inexact. *M. Levret attend*, qu'avoit-il à faire? des treffaillemens convulfifs de l'enfant annoncent qu'il fe mouroit, il fe hâte d'appliquer le forceps, c'étoit le feul moyen de lui fauver la vie, s'il en étoit encore tems, cependant il le tire mort; mais il ceffe d'en être furpris, quand il reconnoît que le cordon s'étoit rompu dans la matrice. Voici encore un trait qui décèle le favoir & les bonnes intentions de notre Critique : *la mère*, dit-il, *eut une hémorrhagie qui lui fut funefte*. Il y avoit, à la vérité, beaucoup de fang fluide & de caillots dans la matrice ; mais fi notre Docteur étoit un peu phyfiologifte, il fauroit que ce fang étoit forti des deux bouts rompus du cordon, que la mère n'en perdit pas une goutte du fien ; elle n'eut donc point d'hémorrhagie, & le mot *funefte* eft bien placé, car elle vit encore.

Nous voici, graces au Ciel, à la dernière obfervation, fur laquelle le Critique ait jetté les yeux. *M. Levret* eft appellé auprès d'une femme qui avoit *eu depuis plufieurs heures des attaques de convulfions*, il trouva la tête de l'enfant enclavée ; il fe hâta de terminer l'accouchement, quoique bien convaincu que l'enfant avoit été tué par les convulfions ; la tête, dit M. Levret, n'étoit que peu avancée, il ne put la faifir que jufqu'auprès des orbites, cependant il tira l'enfant, & auffi-tôt les convulfions cefsèrent.

Ecoutés

Ecoutez ce que dit là-deſſus l'équitable Critique , *on
applique le forceps près des orbites .... auſſi amène-
t-on un enfant mort.* Il faut être bien ignare, pour
croire que l'application du forceps près des orbites
puiſſe donner la mort à l'enfant. Ne voit-il pas que
ce ſont les convulſions ſeules qui l'ont tué : aucun
Praticien n'ignore que ſouvent l'enclavement les fait
naître , & que pour le peu que l'accouchement ſoit
retardé, l'enfant périt ; mais notre docte ignore ces
vérités pratiques. *On cherche,* ajoute-t-il, *à ſe juſtifier à la faveur d'une prétendue attache latérale du
placenta.* M. Levret l'ajoute à ſon récit, parce que
cela eſt ; mais en rendant compte de cette parti-
cularité, il n'a ni beſoin ni intention de ſe juſtifier.
Pourquoi toujours ce mot *juſtifier* adreſſé aux autres ,
il lui ſiéroit ſi bien.

Je m'y ſuis repris à vingt fois, Monſieur, pour
achever l'examen de cette pitoyable Critique des
obſervations de M. Levret , & il m'a fallu bien de
la vertu pour aller juſqu'à la fin. M'y voilà enfin
arrivé ; mais je vous avoue que je ſuis ſi rebuté, ſi
dégoûté, qu'il ne m'eſt pas poſſible d'aller plus loin ;
d'ailleurs quand je menerois juſqu'à la fin l'analyſe
de cette ſeconde Partie , que vous apprendrois-je de
plus ? tout le reſte eſt calqué ſur le même plan &
reſpire de même la bonne foi & l'impartialité : un
des Confrères de notre Auteur a traduit un Traité
Anglois d'accouchemens ; cet Ouvrage eſt celui d'un
Chirurgien, c'en eſt aſſez, le texte & la traduction
ſont déteſtables. Un Étranger, homme de mérite &

E

de réputation, a communiqué à l'Académie Royale
de Chirurgie un Mémoire intéreffant fur l'enclavement de la tête; elle l'a publié dans fes Mémoires,
*il n'y a nul ordre, nul enchaînement d'idées, rien
n'y eft prouvé*; pourquoi auffi cet Etranger a-t-il le
malheur d'être affocié à cette compagnie. *L'Angleterre fera des progrès, parce que les Accoucheurs y font
Médecins.* En un mot le même efprit règne partout,
& l'Auteur s'eft foutenu du commencement à la fin;
c'eft bien de lui qu'on peut dire, il a fuivi à la lettre
le précepte d'Horace :

Servetur ad imum

Qualis ab incaptu procefferit.

    Quant à la troifième partie, elle eft d'un autre
genre; c'eft-là que brille le haut favoir. Voici en
deux mots comme elle eft conftruite : d'abord ce font
des lamentations fur l'état actuel de l'Art des Accouchemens ; *ô fexe malheureux . . . . ô amour maternel.*
Mais un nouveau jour va luire : *mes travaux vous
offrent une image confolante d'un avenir plus heureux.*
Quelle morgue, ou plutôt, tranchons le terme, quelle
impudence. Un intrus avoir la folle prétention d'éle-
ver, à l'aide de farcafmes & d'injures, un fyftême
ridicule dans tous fes détails, fur les ruines d'une
fuite de fages préceptes avoués par l'expérience &
adoptés univerfellement. L'Auteur employe enfuite
fix grandes pages à faire l'éloge de fon zèle, de fon
application & de fes travaux ; il a étudié les modernes, mais tous, excepté De Venter & Smellie, lui
ont fait pitié ; je ne fais aucune réflexion là - deffus.

C'eſt de la lecture des Anciens qu'il a tiré grand parti ; *il les a étudiés*, dit-il, *la plume à la main, il a rejetté l'ivraie, & tiré le miel des plantes les plus vénéneuſes* ; & aujonrd'hui qu'il a ramaſſé tout ce qu'il y a puiſé, il publie ſa compilation & appelle cela *promulguer les fruits de ſon expérience.* Qui ne rira pas de voir un homme qui confeſſe que ſon ouvrage n'eſt qu'un vrai plagiat, qui dit *que des occupations ſédentaires & un cœur ſenſible ont altéré ſa ſanté,* qui certainement n'a jamais pratiqué, ou du moins trop peu pour avoir pu obſerver, oſer parler des fruits de ſon expérience. Mais ce n'eſt pas tout, ces fruits précoces vont ſe multiplier ; nous allons voir un autre Ouvrage en quatre parties, & ſur-tout beaucoup de géométrie, il y en aura partout, *ce ſera une chaîne d'idées géométriques.* Ce ſera un Ouvrage précieux, *il ſera ſi clair,* dit l'Auteur, *ſi naturel, qu'on aura peine à croire qu'il en ait exiſté un autre ;* y a-t-il quelque exemple d'une pareille forfanterie. *Un accouchement naturel ſera réduit à un autre plus naturel encore* : un accouchement plus naturel qu'un naturel : voyez comme cela eſt clair. L'Auteur promet de ſe relâcher un peu dans ſon futur ouvrage ; il permet l'uſage de quelques inſtrumens, *même contondans, lorſqu'il n'y a pas d'autre moyens de ſauver la mère ;* cette eſpèce d'inſtrument eſt nouvelle dans la pratique des accouchemens. Il confent, qui plus eſt, à l'opération céſarienne, qui lui a coûté tant de larmes : le voilà radouci. Mais voici un grand

chagrin, & c'eſt par cette complainte que termine
notre Auteur : *Vainement*, dit-il, *UN SAVANT fait
part du réſultat de ſes travaux & de ſes veilles* ....
Il faut toucher des yeux .... *On a élevé à grands
frais une école pour les quadrupèdes* .... *Que n'éta-
blit-on auſſi un lieu public pour les accouchemens,
pour en donner la direction à un Médecin,* (notre
SAVANT ſans doute). Voilà un projet bien conçu. Ne
ſeroit-il pas en effet bien décent d'expoſer aux yeux
du Public une femme en travail d'enfant? Quelles
ſeroient les femmes qui voudroient ſe donner en
ſpectacle dans cet état? Quel bien en réſulteroit-il
pour les Elèves, ou plutôt que d'abus, & quelle
école pour les mœurs? L'établiſſement eſt tout fait,
& le logement tout trouvé pour un homme qui enfante un pareil projet.

Vous voilà, Monſieur, actuellement au fait de
l'Ouvrage, du ſavoir, des qualités du cœur & des vues
de ſon Auteur; concevez-vous qu'on puiſſe avoir le
front d'avancer, avec autant d'aſſurance, tant de fauſ-
ſetés & tant d'erreurs? A-t-il donc cru, ce nouveau
Docteur, qu'en déshonorant la mémoire de ceux qui
ont écrit avant lui, qu'en attaquant la réputation de
gens de mérite, qui jouiſſent, avec raiſon, de la
confiance des Grands & du Peuple, il réuſſiroit à
donner une grande idée de ſes lumières & de ſes
talens? S'eſt-il flatté qu'aucune ame honnête n'auroit
le courage de le démaſquer, que perſonne ne pren-
droit la peine de dévoiler ſes perverſions de textes,

fes odieufes imputations , & l'abfurdité de fes ma-
ximes & de fes préceptes. Quel a pu être fon but ?
Ce n'eft pas affurément pour inftruire qu'il a écrit ;
il ne peut fe diffimuler à lui-même , que fa Brochure n'eft qu'un amas de vieilles ridiculités , que
l'expérience a bannies, ou d'opinions hétéroclites ,
qu'il a enfantées dans un accès de délire. A-t-il vraiment intention de faire revivre les vieilles erreurs qu'il
préconife ? ne fait-il pas que la lumière eft trop étendue, pour qu'un fouffle fi léger puiffe l'éteindre ? Il a
cru fe faire un nom , fe donner de la célébrité, en mar-
quant de la jaloufie contre des Perfonnes qui font
trop au-deffus de lui, pour lui porter ombrage, & pour
s'appercevoir même qu'il veut les outrager. Mais un
motif bien plus puiffant encore l'a animé : *auri facra
fames.* Il a eu la vanité de croire qu'il féduiroit par
fes paradoxes , & par l'air de fingularité qu'il veut
fe donner ; & que par-là il attireroit à fes Cours un
grand nombre de jeunes gens, qui affluent de toutes
parts ; que ces Elèves préféreroient fes doctes inf-
tructions aux autres , & fur-tout à celles que continue
de donner en particulier celui qu'il a le plus dénigré;
qu'il fe détrompe , *ils ne négligeront pas ,* pour me
fervir de fes termes , *les falutaires productions , pour
courir après de fauffes richeffes.*

De quel œil une Compagnie refpectable verra-
t-elle fortir de fon fein une production , qui décèle
la plus craffe ignorance & l'acharnement le plus
atroce ? Ne rougira-t-elle pas de reconnoître au nom-

bre de ſes Membres, un Auteur ſi mépriſable? Le
Sage (1) qui, par la droiture de ſon cœur & ſon
aménité, a ſi bien ſçu ſe concilier l'eſtime & l'a-
mitié de ſes égaux ; qui, par ſon application & ſes
rares talens, a mérité la conſidération du Public ;
qui, enfin, voit couronner ſes travaux par la confiance de ſon Souverain & celle de toute la Cour,
verra-t-il, ſans une ſorte de douleur, ſon nom à la
tête d'un Ouvrage, qui fait un ſi affreux contraſte
avec ſon honnêteté & ſes lumières ? Quel fonds peuvent faire des Elèves ſur la doctrine d'un homme,
dont chaque phraſe eſt une impoſture, dont chaque
précepte eſt une erreur ? Il n'éblouira pas même les
ignorans ; en vain, pour ſéduire, fait-il un pompeux
étalage de grands mots & de phraſes ampoulées,
qu'il emprunte ou qu'il paye ; on voit à travers tout
cela, le nain monté ſur des échaſſes, l'ignorant pré-
ſomptueux & le jaloux détracteur ; enfin quel fruit
retirera-t-il de ſa production ? le mépris des Perſon-
nes inſtruites, & la haîne de tous les Gens de bien.
Mais faiſons trève à ces déſagréables réflexions.

J'ai l'honneur, &c.

----

(1) L'Ouvrage eſt dédié à M. Delaſſone, premier Médecin
du Roi & de la Reine.

F I N.

www.ingramcontent.com/pod-product-compliance
Lightning Source LLC
Chambersburg PA
CBHW070822260626
47161CB00006B/2375